權錢對決
之12
步步驚心
姜遠方 著

目錄 CONTENTS

第一章

一面之詞

姚巍山微怒地說：

「俊森同志，我希望你說話慎重一點。

伊川集團是目前招商引資的重點關注對象，

你說我們不能聽伊川集團的一面之詞不假，

但我們也不能憑你幾句話就拒絕這麼優質的企業進駐吧？」

下午，傅華接到呂鑫的電話，呂鑫報告說：「傅華，跟你說一聲，我們的老朋友已經安全抵達了。」

傅華知道呂鑫這是通知他喬玉甄母女已經到達英國了，感激地說：「我知道了，謝謝您呂先生。」

呂鑫說了聲「客氣了」，就掛了電話。

傅華的心情有些激動，跟齊隆寶暗戰了這麼長時間，他還是第一次占到先機，現在他知道齊隆寶是魏立鵬的兒子，還知道了齊隆寶跟一個叫做楚歌辰的香港商人有著密切的關係。接下來，他應該著手去調查楚歌辰這個香港商人。

傅華判斷，楚歌辰跟齊隆寶之間一定有某種不可告人的關係，因為喬玉甄說齊隆寶讓她轉一筆錢給楚歌辰，這筆錢是不能見光的，齊隆寶把自己分得的贓款讓喬玉甄轉交給楚歌辰，說明楚歌辰很得齊隆寶的信任。傅華相信從楚歌辰身上一定能查到一些關於齊隆寶的秘密。

現在的問題是要怎麼去查這個楚歌辰，楚歌辰遠在香港，他身在北京，傅華不可能就這麼跑去香港調查楚歌辰：就算他能去，在香港他也沒辦法不驚動別人就對楚歌辰展開調查。

傅華正在思考著要如何查這個楚歌辰時，電話響了起來，又是沒號碼的，他知道是齊隆寶打來的。傅華猜想齊隆寶這次打電話來，一定是為了喬玉甄失蹤的事。

傅華就接通電話，笑笑說：「姓齊的，你還真聽話啊，我讓你經常跟我通個電話，你就時不時的打電話來，是不是跟我聊天很有意思啊？」

齊隆寶冷笑一聲說：「傅華，別再演戲了，喬玉甄和你女兒失蹤了，是不是你玩的把戲啊？」

齊隆寶這話是有陷阱的，傅華如果直接回答說不知道，那就上當了，因為那樣就意味著他知道他和喬玉甄有了個女兒；如果他沒見過喬玉甄的話，是不應該知道關於女兒的情況的。

傅華故作驚訝的說：「女兒，我什麼時候有女兒了？姓齊的，你把話說清楚一點，難道喬玉甄給我生了個女兒？」

齊隆寶忿忿地說：「傅華，你就裝吧，你這次去香港肯定見過喬玉甄。」

傅華猜想齊隆寶並不曉得他跟喬玉甄見過面沒，不然也不會等喬玉甄都去了英國才來追問他，這傢伙是想從他這裏詐出真相來。

傅華當然不會上這個當，裝作不知情地說：「我倒是真的很想見見她，我知道她手中一定有你的把柄；但是我也知道你肯定會派人盯著我在香港的一舉一動，我不想害了朋友，所以就沒去見喬玉甄。這些，你的人應該跟你彙報了才對。」

齊隆寶沉吟了一下，說：「如果你真的沒去見喬玉甄，那喬玉甄怎麼會突然不見了呢？」

傅華反問說：「這你問我，我去問誰啊？派人盯著她的人是你，你應該比我更清楚她的行蹤才對啊。」

齊隆寶恨恨地說：「媽的，有人在暗中幫這個臭女人引開了我派的人的注意力，趁機帶著女兒逃走了，誒，當初真是不該一時心慈手軟，沒把她處理掉，要不然也不會有這麼些麻煩的事。」

傅華故意問說：「姓齊的，你麻煩不麻煩我不管，喬玉甄的女兒真的是我的嗎？」

齊隆寶笑說：「真不真我可不敢給你保證，反正她在北京跟你見過面之後，回香港不久就有了身孕。這期間，監視她的人也沒發現她有別的男人，所以八成是你的了。」

傅華故作驚喜地說：「那太好了，我一直希望自己有個女兒。」

齊隆寶冷笑說：「你先別急著這麼高興，你能不能活到見到她的那一天還很難說呢。」

傅華笑說：「姓齊的，你放心好了，你已經是秋後的螞蚱，蹦躂不了幾天了，我則是一定會活得很好，也一定會見到我女兒的。」

齊隆寶冷哼說：「真不知道你這個自信是從哪裡來的，我現在可是隨時都可以結果你的性命的。」

傅華笑了起來，說：「姓齊的，我倒是覺得你現在有些盲目的樂觀了，難道你就沒察覺到形勢已經有了微妙的變化嗎？」

齊隆寶很有自信地說：「有嗎？你開玩笑的吧？我覺得主動權還是牢牢的掌握在我的手中的。」

傅華嘲笑說：「姓齊的，如果主動權還牢牢掌握在你的手中，那怎麼會發生喬玉甄這個對你威脅最大的人居然從你眼皮底下溜走的事呢？你不覺得你已經開始出現失控的徵兆了嗎？」

齊隆寶被嗆了一下，陰森地說道：「傅華，你不要得意，喬玉甄跑不掉的，我很快就會查到她的行蹤。只要被我查到了她在哪裡，就算是天涯海角，我也會追過去想辦法把她給除掉的。」

傅華老神在在地說：「齊隆寶，且不說你能不能真的做到這一點，單單就你說這話的口氣而言，你不覺得有些氣急敗壞嗎？我看你已經慌了神了才對吧？」

齊隆寶冷笑說：「傅華，你不要在我面前逞什麼口舌之利了，口舌之利是救不了你的，你等著吧，在剷除喬玉甄的時候，我會特別通知你一聲的，到那時候，我看你還能不能笑得出來！」

傅華並沒有因為齊隆寶的威脅而感到害怕，他已經確認喬玉甄身在英國，就算齊隆寶是秘密部門的高官，也無法在英國肆意妄為的，因此齊隆寶現在對喬玉甄應該是鞭長莫及；而且像齊隆寶這樣身分的人，在歐美的反間諜部門也是重點監督的對象，如果真的到了英國，一定會在監控之下，就是想對喬玉甄不利，恐怕也很難有機會下手，因此傅華並不擔心齊隆寶敢對喬玉甄怎麼樣。

傅華就笑笑說：「姓齊的，我看是你在逞口舌之利才對！好吧，我們就看看最後究竟是誰笑不出來好了。」

齊隆寶陰惻惻地說：「我相信肯定不會是我的。」

傅華說：「那我們就走著瞧吧。」

傅華掛了齊隆寶的電話，收拾了一下便離開駐京辦，他要去找胡瑜非，跟胡瑜非商量後續要拿齊隆寶怎麼辦。

當胡瑜非聽到齊隆寶竟是魏立鵬的兒子後，不由得說：「這傢伙居然是魏立鵬的兒子，這可有點麻煩啊。」

傅華趕忙問道：「胡叔，您是不是也不太敢惹魏立鵬啊？」

胡瑜非苦笑說：「哎，如果我父親還在的話，胡家是不會拿魏立鵬當回事的，但是我父親已經不在了。魏立鵬是碩果僅存還健在的少數元老之一，高層對他特別的敬重；你知道，活著的人總是比死去的人面子更大一些的。」

胡瑜非又說，魏立鵬在革命時期曾經救過現在某位高層的父親，這位高層因此特別的維護魏立鵬。基於這兩點，魏立鵬在政壇上的地位更是受到尊崇。

傅華心裏越發的鬱悶了，看了胡瑜非一眼說：「看來我們想動齊隆寶恐怕更難了。」

胡瑜非嘆氣說：「魏立鵬還是一個特別護短的人，你要去動他的兒子可真不是一件容易的事呢。」

傅華苦笑說：「現在不是我想要去動他，而是他非要動我。胡叔，那您說我要怎麼辦啊？難道就因為那混蛋是魏立鵬的兒子，我就什麼都不做等死嗎。」

胡瑜非面色凝重地說：「那當然不能，不過牽涉到魏立鵬，這件事相對就比較麻煩，我們必須要更謹慎，沒有十足的把握，不能輕易動手。」

傅華說：「那是自然的，我也想提醒您一下，齊隆寶對您私下調查的情況都知道。」

胡瑜非說：「這很正常，北京就這麼大地方，我找的那些朋友，很可能也是他的朋友圈裏的人，不過以後我會小心些，不會輕易去驚動他的。」

傅華又說：「誒，胡叔，還有一件事，我想查一個人，是個香港商人，叫楚歌辰，這個楚歌辰跟齊隆寶可能有著某種聯繫，從他身上也許能找到扳倒齊隆寶的東西。不知道您有沒有什麼管道可以查一下他卻不會驚動他的。」

胡瑜非聽了說：「回頭我問問萬博吧，看看他能不能透過私人管道找找香港警界的朋友，幫你查查這個叫做楚歌辰的商人。」

傅華點點頭說：「好啊，不過胡叔，您讓萬隊長千萬別驚動了齊隆寶。」

胡瑜非說：「這個你放心，他是做刑偵的，懂得怎麼處理這種事的。」

傅華放下心，說：「那就好。誒，胡叔，就您的瞭解，魏立鵬算是怎樣的一個人啊？」

胡瑜非狐疑地看了傅華一眼，說：「你問這個幹什麼，你該不會想連魏立鵬也要一起對付吧？」

傅華笑說：「那怎麼會！我是想瞭解一下魏立鵬的為人，將來一旦魏立鵬要出面維護齊隆寶的話，我們也好知道怎麼應對。」

胡瑜非評論說：「其實老一輩的革命家對自身的要求都很嚴格的，魏立鵬也是一樣，他是個標準的黨員，嚴於律己，嫉惡如仇，唯一的缺點就是他很護短。」

傅華詫異地說：「這可和齊隆寶做事的風格大大不一樣啊。胡叔，您說齊隆寶在外面做的這些事，魏立鵬究竟是知情還是不知情？」

胡瑜非想了一下，說：「我猜他應該不知情，齊隆寶肯定不敢把自己做的那些非法之事跟他父親說的，魏立鵬護短是護短，但是絕對不會允許兒子為了一己之私胡作非為的。」

傅華試探地問道：「胡叔，那如果我們把齊隆寶做的那些非法的事告訴魏立鵬，您說會是怎麼樣的一個結果啊？」

傅華是因為對付齊隆寶始終打不開局面，就把主意打到了魏立鵬身上，想把齊隆寶所做的事情告訴魏立鵬，就算魏立鵬不能大義滅親，起碼也能約束一下齊隆寶的行為。

胡瑜非搖搖頭說：「傅華，你想得太簡單了。魏立鵬基本上已經不理世事了，我們就是想見他一面都很難，更別說把齊隆寶的所作所為告訴他了；另一方面，魏立鵬現在年事已高，能不能承受得住齊隆寶的這種狀況都很難說，萬一他承受不住，出了什麼狀況，沒有人能夠承受得起這個責任的，所以你還是別打魏立鵬的主意了。」

傅華有些失望，莫可奈何地說：「既然這樣不行，那也只好看看萬博能不能從楚歌辰這方面查到什麼東西了。」

海川市市政府，市長姚巍山辦公室。

姚巍山正在接待李衛高和一位來自香港的商人。商人名叫陸伊川，四十多歲，長得有些乾瘦，額頭高聳，眼窩深陷，典型的南方人模樣。

陸伊川就是李衛高上次跟姚巍山所說，有意在內地投資建廠的那位商人。陪同姚巍山一起接待李衛高和陸伊川的，是市政府副秘書長林蘇行，現在姚巍山越來越多的讓林蘇行參與到他的工作當中，擺明了就是一副要扶持林蘇行的架勢。

對此，秘書長黃小強雖然極為不滿，但是也無可奈何。

姚巍山跟陸伊川握了握手，招呼說：「歡迎陸董來我們海川進行投資考察啊。」

陸伊川微笑說：「姚市長客氣了，李先生跟我大力推薦你們海川市，說海川在姚市長的領導下，經濟蓬勃發展，正是適合投資興業的地方，我就想來看看這裏適不適合我們伊川集團投資建廠。」

姚巍山介紹說：「海川地域廣闊，勞動力資源豐富，相信一定能找到適合陸董投資建廠的地方。」

李衛高在一旁幫腔說：「陸董，我看過海川市的地理形勢，這裏的地形坐山望水，中間的平原地帶略往內凹，形狀上像個盆，這在風水上被稱作聚寶盆，乃是聚財之地啊，你在這裏投資一定會事業大發，更上一層樓的。」

陸伊川聽了，高興地說：「那就借李先生的吉言了。誒，李先生，這次工廠選址，你一定要陪我去好好看看，確保我能選到一塊建廠的風水寶地啊。」

李衛高笑笑說：「那是自然了，我陪你到海川，就是想幫你選擇一塊讓你的工廠大旺的好地方啊。」

姚巍山趕緊說：「我也希望陸董能在海川選到一塊適合投資建廠的好地方，回頭我會安排老林專程陪同你們去海川各處看一看的。」

陸伊川說：「那我就先謝謝姚市長了，也麻煩林副秘書長了。」

姚巍山擺了擺手說：「陸董就不要這麼客氣了，您來海川投資，我應該感激您才對。這樣，讓老林先先安排您和李先生住下，休息休息，明天就讓他陪你們實地考察，您看好不好啊？」

陸伊川隨和地說：「客隨主便，一切聽從姚市長的安排就是了。」

林蘇行就說：「那請陸董和李先生跟我來吧，我先送你們去海川大酒店休息一下。」

林蘇行就把李衛高和陸伊川送到海川大酒店，安排好兩人，然後回到姚巍山的市長辦公室。

姚巍山看到林蘇行回來了，問道：「把陸董和李先生都安排好了嗎？」

林蘇行點點頭說：「都安排好了。誒，姚市長，我明天要陪同陸董和李先生實地考察，您覺得我要領他們去看什麼地方比較好啊？」

姚巍山沒有直接回答林蘇行，反而問道：「老林，你覺得陸伊川所說的冷鍍技術靠譜嗎？」

林蘇行想了想說：「應該沒什麼問題吧，我在網上查過伊川集團的資料，在香港是一家很大的集團公司，實力肯定是有的，這個您無需擔心。」

姚巍山搖搖頭說：「我擔心的不是他拿不出投資的錢來，而是這個項目本身有沒有什麼問題。」

林蘇行不以為意地說：「會有什麼問題啊？陸先生介紹的時候不是說了嗎，他們會用最先進的環保設備處理排汙問題，確保工廠不會對環境造成任何的污染。」

姚巍山聽了，說：「那是他說好聽的糊弄我們呢，我雖然對冷鍍技術並不是很瞭解，但有一個基本的常識是知道的，那就是鍍金工藝往往需要使用大量的化工產品，那些產品即使是環保設備再先進，也無法確保對環境沒有污染的。」

林蘇行看了姚巍山一眼，說：「那您的意思是拒絕他們？」

姚巍山搖搖頭說：「李衛高跟我暗示過，這個伊川集團的投資額不是一個小數目，讓他們進駐海川，將會給海川的ＧＤＰ帶來一個很大的增幅，就這麼拒絕他們，又太可惜了。」

林蘇行為難地說：「這個可怎麼辦啊，誒，市長，要不把伊川集團領到海川新區去吧？」

姚巍山說：「你的意思是讓這個項目落戶到海川新區去？」

林蘇行笑說：「是啊，胡俊森不正想著大力發展海川新區嘛，我們就把這個大項目送給他，我想他一定會很歡迎的。」

姚巍山對林蘇行出的這個主意並不是很看好，目前為止，他這個老朋友給他出的主意都是一些看起來很好，但實施起來卻往往取得反效果的餿主意：林蘇行讓他跟何飛軍結盟，結果何飛軍被抓，讓他頓時陷入困境，差點連市長選舉都沒過關；林蘇行讓他對駐京辦摻沙子，結果傅華打電話來，在他面前指桑罵槐了一番，他還得老實的受著。他的主意看來並不是那麼靠譜。

姚巍山搖搖頭說：「老林，胡俊森沒你想的那麼傻，連我都知道冷鍍技術有很大的污染，他應該也會看得出來的。海川新區是胡俊森的寶貝，他絕對不會接受一個污染很重的項目的。」

林蘇行笑說：「不接受，我們可以想辦法讓他接受啊。」

姚巍山納悶地說：「什麼辦法可以強迫住胡俊森啊？胡俊森那個臭脾氣可不是隨便什麼人能壓得住的。」

林蘇行看了看姚巍山，語帶玄機地說：「我們海川現成不就有一位能壓得住胡俊森的嗎？」

姚巍山猜說：「你是說孫守義？他會為這個冷鍍項目壓著胡俊森接受嗎？」

林蘇行說：「我認為他會。您想啊，孫守義現在的目標是什麼？」

姚巍山不解地問：「是什麼啊？」

林蘇行分析說：「他下一步的目標肯定是進省啊，我研究過孫守義來海川之後的一舉一動，發現他所做的事情都是目標明確的，就是為了升遷，這一切想來都是他身後的人幫他安排好的。」

姚巍山點點頭，認同說：「這一點你的觀察是對的，他從中央下來地方任職，為的就是增加地方執政的經驗，好為將來走到更高的位置上打基礎。」

林蘇行說：「對啊，您想這樣一個人，對一個能給地方GDP帶來很大增幅的項目，是會支持呢，還是會反對呢？」

姚巍山聽了，笑說：「他肯定是會支持的，孫守義想往上走，就必須要交出一份亮眼的政績成績單出來，現在GDP可是考核幹部的一個重要的指標，他不會放棄這樣投資額如此龐大的項目的。」

林蘇行說：「那問題就簡單了，胡俊森看不出項目有問題就罷了，如果看出來，我們就把項目彙報到孫守義那裏去，讓孫守義去壓著胡俊森接受這個項目。」

姚巍山問：「如果孫守義壓不住胡俊森呢？」

林蘇行笑了笑說：「如果孫守義壓不住胡俊森，胡俊森一定會為此大鬧的，搞不好就要驚動省委，這樣爭到最後，省委不論支持誰，他們都是兩敗俱傷的局面，我們就等著看好戲就行了。」

姚巍山想想也是，省委如果支持胡俊森的話，那就意味著省委不信任孫守義了，這對孫守義將是一個慘重的打擊；但同時省委也不會對胡俊森這個跟市委書記公開對著幹的副市長留下什麼好印象。不論結果如何，他都是受益者。

姚巍山高興地說：「就讓他們兩敗俱傷好了，這樣吧，明天你就領陸伊川去看海川新區好了，回頭我會給李衛高去個電話，讓他跟陸伊川說：海川新區是個適合伊川集團投資建廠的風水寶地，我想陸伊川一定會就此認定海川新區的。」

姚巍山心想，香港一些商家對風水是極為看重的，像買房、買地建廠這類事情，一定會找風水師父看一看，李衛高本就是陸伊川很信任的大師，他的看法一定會影響到陸伊川對工廠的選址。這樣，陸伊川基本上就會認定海川新區，胡俊森如果不願意接受的話，一場矛盾就會不可避免的發生，到那時候，他就等著看好戲就行了。

第二天，林蘇行就陪同陸伊川和李衛高去海川各個適合投資建廠的地區進行考察。

不出意料之外，陸伊川十分看好海川新區。一來是李衛高的大力推薦，二來是新區在胡俊森的領導下，已經大致完成了所需的配套設施，也有足夠伊川集團使用的土地。

當胡俊森知道伊川集團準備選擇新區蓋冷鍍工廠的消息後，第一時間就找到了姚巍山。說：「姚市長，海川新區不能接受像伊川集團這樣有污染的項目。按照最初的規劃，新區是要引進一些高科技項目，還準備將海川的行政機構都搬到新區去的，所以我們不可能接受像冷鍍廠這樣的項目。」

姚巍山看了胡俊森一眼，笑笑說：「俊森同志，你這麼說是不是有點不對啊？伊川集團的陸董已經很明白的講了，這個冷鍍項目會配套最先進完善的環保設備，保證做到零污染，你怎麼還說人家是有污染的呢；再說，陸董講冷鍍技術是目前國際上最先進的鍍金技術了，這裏面有他們公司幾十項的專利，很符合你們新區引進高科技項目的要求啊。」

胡俊森反駁說：「姚市長，您不能光聽伊川集團的一面之詞啊，鍍金工藝需要使用大量的化工產品，即使設備再先進，也無法避免會污染環境的；至於冷鍍技術，早就是被普遍使用的鍍金工藝，根本就沒什麼技術含量的，所謂的幾十項專利根本就不存在。」

姚巍山斥責說：「俊森同志，我覺得你有點求全責備了，現在的項目哪有十全十美的啊，何況你不是老說海川新區缺乏大項目的入駐，埋怨市裏對你的工作支持力度不夠嗎？現在市裏好不容易找來這個大項目，你怎麼又要挑肥撿瘦了呢？」

胡俊森氣憤地說：「海川新區需要大項目入駐不假，但是也不能這麼不加甄別的，什麼項目都收啊。」

姚巍山微怒地說：「俊森同志，我希望你說話慎重一點。伊川集團是目前招商引資的重點關注對象，你說我們不能聽伊川集團的一面之詞不假，但我們也不能憑你幾句話就拒絕這麼優質的企業進駐，是吧？」

胡俊森無奈地說：「那姚市長的意思是要怎麼辦呢？」

姚巍山說：「我認為究竟冷鍍工藝會不會帶來污染，還有冷鍍項目算不算是高科技項目，這個都需要相關部門的專家來做權威認定；如果專家認定這個項目無污染而且是高科技，那俊森同志，你就應該接受這個項目。」

胡俊森不能認同地說：「那不行，現在的專家有幾個能夠相信的?!海川別的地方我不管，反正我的新區是絕不會接受這個項目的！它與我們新區的整體規劃也不協調。我絕不允許海川新區拿出那麼一大塊土地去建造這樣一個工廠。」

「俊森同志，」姚巍山的臉沉了下來，呵斥說：「海川新區是你的自有地嗎？你到底有沒有一個整體發展的大局觀啊？你知道你這麼做，是在破壞我們海川對外開放的整體形象嗎？」

胡俊森駁斥說：「姚市長，您不要急著給我扣大帽子好不好，我這也是對海川新區和海川的環境負責，您不該這麼輕易的就相信那些唯利是圖的商人，他們為了賺錢，什麼事情都做得出來的。」

姚巍山生氣地說：「難道我就不是為海川負責了嗎？我的責任比你重大好不好？我還要對全市的經濟發展負責。現在有一個能夠促進海川經濟發展的項目就擺在我面前，我認為只要相關部門認定這個項目沒問題，海川新區就要把它接受下來。」

胡俊森堅持主見說：「我是絕對不會接受這個項目的。」

姚巍山有些惱火，說：「俊森同志，你太狂妄了吧？你可別忘了，我是市長，是你的上司。」

胡俊森不畏權勢地說：「姚市長，這不是誰官大官小的問題，而是誰對誰錯的問題，我認為您同意這個項目的做法是錯誤的，所以我不會執行這項錯誤的指示。」

姚巍山看了眼胡俊森，冷冷地說：「胡俊森，我希望你明白你這麼做的後果，如果你堅持不執行市裏指示的話，我會把你的行為彙報給孫守義書記，請求市委召開常委會，研究處分你這種破壞我市招商引資大局的行為。」

胡俊森不為所動地說：「您要彙報就彙報吧，我就不相信孫書記會支持這種錯誤的行為。」

姚巍山冷笑一聲，說：「行啊，那我們就看看孫書記究竟會支持誰吧。」

第二章

大有文章

孫守義也聽出了胡俊森的弦外之音，
同時看出了姚巍山的不自在，
心裏馬上想到胡俊森所說的這個人是誰了。
不用猜，這個人一定是李衛高了。
如果真是這樣的話，
伊川集團選址在海川新區這裏面就大有文章了。

胡俊森離開姚巍山的辦公室，回到自己的副市長辦公室之後，心裏對姚巍山這種過於急功近利的行為仍是有些氣憤不平，海川新區應該成為新的海川市行政中心，他絕對不能允許將冷鍍工廠放在新區。

不過胡俊森對孫守義會不會站在他這邊支持他卻有些擔心，從他跟孫守義的接觸當中，對孫守義的行事風格很瞭解，孫守義是個道地的官員作風，大多時候沒有什麼原則性，只管這件事能不能影響到他的升遷。這樣一個人是很難不受伊川集團所帶來的巨大利益所誘惑的。

如果孫守義支持了姚巍山的話，他的處境可就尷尬了，要以一己之力去對抗海川市委市政府，他很難對抗得了，那時候就要被迫讓伊川集團落戶到海川新區了。

這也是姚巍山要把情況彙報給孫守義的原因吧，姚巍山一定認為孫守義會支持他。這卻是胡俊森不願意接受的局面，有沒有辦法能夠說服孫守義呢？

這時候，胡俊森不禁想到了傅華，胡俊森對傅華有一種信賴感，相信以傅華的聰明一定能幫他解決這個難題的。

胡俊森就撥通了傅華的電話。

「胡副市長，您有什麼指示啊？」

胡俊森嘆說：「傅華，有人給我出了個難題，我向你求助來了。」

傅華詫異地說：「什麼難題能夠難住您啊？」

胡俊森說：「是這樣的……」胡俊森便把事情經過娓娓道來。

講完之後，胡俊森問：「傅華，你覺得孫書記會做出怎樣的裁決呢？」

傅華也很瞭解孫守義，想了想說：「如果讓孫書記裁決的話，我看他會傾向同意姚巍山的。」

胡俊森一聽就急了，說：「那可不行，如果這個項目落戶在海川新區，海川新區可就完蛋了，傅華，你要趕緊幫我想想辦法，看有什麼方法能夠說服孫書記支持我，而不是姚巍山。」

傅華思考了一下，說：「這件事倒不是一點辦法都沒有，我相信姚巍山跟孫書記彙報這件事之後，孫書記應該會找您去瞭解相關的情況，這就要看您在他面前怎麼說了。」

胡俊森趕緊問道：「你覺得我該怎麼說呢？」

傅華建議說：「我想你可以強調幾點，首先，您要跟孫守義闡明這個冷鍍項目並不適合海川新區的整體規劃，給海川新區帶來的只會是破壞，而沒有建設性。」

胡俊森聽了說：「這話我是可以說，但是我覺得這話太空洞了，好像沒什麼力度，恐怕孫書記不會因此改變主意的。」

傅華笑笑說：「如果您再加上一句海川新區是楊志欣副總理一直關注的項目，好幾次打電話來問你海川新區的情況，如果破壞了海川新區的整體規劃，恐怕會讓副總理有所不滿，這話是不是就不空洞了啊？」

胡俊森老實地說：「可是楊副總理並沒有打過電話來啊？」

傅華笑說：「這我知道，但是孫書記不知道啊！難道您這麼說，他會去跟楊副總理落實究竟打沒打過電話給你嗎？」

胡俊森笑了，說：「那當然不會啦，不過你這麼說，可是有點扯大旗作虎皮的意思啊。」

傅華說：「但是這樣說的話，孫書記肯定會對把冷鍍項目放在海川新區有所顧慮的。柏拉圖的《理想國》裏不是說過嗎，有時候為了達到一個好的目的，可以使用一些手段，您可千萬別說您以前一次也沒這麼做過。」

胡俊森不好意思地說：「做是做過，但是從沒有用在這麼高層的領導身上過。」

傅華笑笑說：「您管他是多高層的領導啊，只要能達到目的不就行了嗎？」

胡俊森說：「好吧，那我就這麼說試試吧。」

傅華又說：「其次，您一定要闡明你並不反對冷鍍項目落戶海川，海川這麼大，能夠容得下這個項目的地方很多，這個項目滿可以在海川新區以外的別的地方落戶的。孫書記要的是政績，只要這個項目不離開海川，就可以算作是他的政績。」

胡俊森質疑說：「這點恐怕很難做到，因為陸伊川會選擇海川新區，據說是得到李衛高的指點，說海川新區是風水寶地，想要他們換到海川市別的地方，伊川集團一定不會接受的。」

「這裏面還扯到李衛高啊？」傅華沉吟了一下，說：「這個李衛高實際上就是個江湖騙子，什麼風水寶地，那都是騙人的，不用說了，這個局一定是姚巍山布下的，他是故意安排李衛高選址在海川新區，好給您添堵的。」

「我也猜到可能是這麼一回事，但是這個局我要怎麼破才行啊？」胡俊森煩惱地說。

傅華卻說：「有李衛高參與的話，這件事反而更好辦一些。」

胡俊森愣了一下，不解地說：「為什麼啊，我反而覺得因為這個李衛高，讓我想說服陸伊川更換工廠選址更加有難度了。」

傅華搖搖頭說：「不會的，解鈴還須繫鈴人嘛，您就把伊川集團選址是由李衛高說的這一點，如實的報告給孫書記好了，孫書記是聰明人，他一聽就會知道其中的貓膩的。如果我猜想得不錯的話，他肯定會利用這一點，想辦法逼姚巍山讓李衛高幫伊川集團重新選址的。」

胡俊森不禁笑了起來，說：「我明白了。」

傅華接著說：「胡副市長，接下來，我可能要說點您不太愛聽的話了。」

胡俊森絲毫不介意地說：「傅華，你儘管說好了，你和我之間是什麼話都可以說的。」

傅華說：「那我就說啦。這第三點嘛，我希望您能圓滑一點，在孫書記面前表現得謙卑點，千萬別鬧得姚巍山和孫守義對您都有看法，他們都是您的上司，得罪其中一個，已經很不好處理了，如果兩個都得罪了，恐怕您在海川市也待不住的。」

胡俊森受教地說：「這個我明白，我會儘量多尊重孫書記的。」

傅華笑笑說：「那就行了。」

這時，胡俊森桌上的電話響了，一看來電顯示，是孫守義的號碼，就對傅華說：「傅華，就這樣吧，孫書記打電話來找我了，估計就是為這件事而來的。」

傅華便說：「行，就這樣吧。」

胡俊森掛了傅華的電話，然後接通了孫守義的電話。

「俊森同志，姚市長在我這裏，他跟我說你拒絕讓伊川集團落戶海川新區，你過來一下吧，我想聽聽你拒絕的理由。」

胡俊森立即說：「我馬上就過去跟您彙報。」

胡俊森一進孫守義的辦公室，就看到一臉陰沉的姚巍山坐在沙發上。

胡俊森跟姚巍山打了聲招呼，說：「姚市長也在啊。」

姚巍山瞅了胡俊森一眼，嗯了一聲，算是回應了胡俊森的招呼。

「俊森同志來啦，來來，我們一起坐。」

孫守義站了起來，把胡俊森領到沙發上，跟姚巍山坐到了一起。

坐定之後，胡俊森便對孫守義說：「孫書記，關於伊川集團的事，我正想跟您彙報呢。」

孫守義聽了說：「那好，你說吧，我聽著呢。」

胡俊森就說道：「我拒絕伊川集團的主要原因，是伊川集團並不符合海川新區的整體規劃，在那裏建造一處占地範圍很大的冷鍍工廠，與周邊的環境格格不入，對海川新區只有破壞性，而沒有建設性。」

姚巍山駁斥說：「俊森同志，你這話說得可沒什麼依據，伊川集團建造的冷鍍工廠，是個高科技環保項目，很符合海川新區的整體規劃要求，我並不認為會跟周邊環境格格不入。」

胡俊森回說：「這個冷鍍工廠是不是環保高科技項目見仁見智，但是在一個未來的城市行政中心建設這麼一座占地廣大的工廠，顯然不合時宜。楊志欣副總理一直在關注海川新區的建設，如果讓他知道我們建了這麼一座冷鍍工廠，恐怕會認為我們海川市領導班子有些目光短淺。」

「楊志欣副總理？」孫守義看了看胡俊森，說：「你是說楊副總理還在關注著海川新區的建設？」

胡俊森點點頭說：「是啊，他幾次來問過我海川新區的發展狀況，對新區的發展十分關心。」

姚巍山愣了一下，如果楊志欣關心過海川新區的發展，那孫守義可能就不會干預新區的工作了。只是楊志欣是不是真的關注過海川新區可是很難說的。胡俊森之前從來沒提過這件事，怎麼會在這時候冒出來了呢？

姚巍山覺得胡俊森很可能是在撒謊，可不能讓胡俊森的陰謀得逞。姚巍山就笑了一下，說：「俊森同志，你這麼說可是有點空口說白話的感覺啊，你說楊副總理關注過這個項目，有什麼證據嗎？」

見姚巍山逼著自己要證據，胡俊森心想這時候他不能說楊志欣打過電話來，因為一查通聯記錄，很容易就能查到根本就沒有楊志欣的電話記錄。不過胡俊森反應很快，馬上就想到了應對的辦法。

胡俊森鎮定地說：「姚市長，您要證據嗎？楊副總理幾次都是透過駐京辦主任傅華來詢問新區的情況，也是傅華向我轉達了他對新區發展的期許。您可以問一下傅華同志是不是有這麼一回事。」

姚巍山陰笑說：「俊森同志，你這麼說就有點滑頭了，海川很多人都知道傅主任跟你的關係相當不錯，你讓我去他求證，他一定會幫你掩護的，這個證人根本不可靠嘛。」

胡俊森反駁說：「姚市長，您說話可要負責任，您憑什麼說傅華同志會幫我打掩護啊？」

「好了好了，你們別吵了，」孫守義制止了兩人的爭吵，調解說：「老姚，俊森同志說得也有道理，這個冷鍍項目確實是與海川新區的整體規劃不太相符。」

孫守義原本聽了姚巍山的報告，對此很是心動，傾向同意姚巍山的看法，他把胡俊森叫來，也是準備逼迫胡俊森接受這個項目。但是胡俊森把傅華和楊志欣給拉了進來，他因此改變了主意。

孫守義可以不理會胡俊森，但絕對不可能得罪楊志欣，未來他的發展會越來越跟楊志欣這些高層接近，他可不敢冒險去得罪楊志欣。他做出政績的目的就是希望能夠以此得到上層的賞識，如果為了做出政績卻去開罪了上層領導，那就捨本逐末了，孫守義自然不會去做這種傻事。

姚巍山看孫守義態度轉變，心裏不免暗罵孫守義見風轉舵，不甘心地說道：「可是孫書記，伊川集團這個項目對我們市裏真的很重要，為了海川經濟的發展，我們最好還是讓海川新區做一些規劃上的調整比較好，畢竟那些行政中心之類的規劃還只是一個發想，能不能真的實現都很難說的。」

胡俊森笑笑說：「孫書記，我也贊同姚市長所說的伊川集團這個項目對海川很重要這個說法。一個城市的興旺，必須要有實業方面的支持，伊川集團就是這樣一個有實力的實業。」

孫守義納悶地看了看胡俊森，說：「俊森同志，你這不是自相矛盾嗎？既然你覺得伊川集團這個項目很重要，為什麼你們新區不肯接受它呢？」

胡俊森解釋說：「我並沒有自相矛盾，這個項目不符合新區的要求，新區當然不能接受。但是海川這麼大，新區不適合這個項目，不代表別的地方也不適合這個項目，伊川集團可以另行選址嘛。」

胡俊森的說法讓孫守義心中重新燃起留下伊川集團的希望，畢竟這麼大的項目要推出去，他心中也有些捨不得。於是他轉頭看向姚巍山，說：「老姚，你看能不能做做伊川集團的工作，讓他們重新選擇建廠的地方，必要的時候，我們可以在政策上適當的給些優惠。」

「不可能的，」姚巍山一口回絕了，說：「選址是伊川集團的董事長陸伊川親自確定的，他認定了這塊地方，想說服他改變主意不可能的。除非海川新區接納他們，否則他們就要去別的城市另行建廠了。」

姚巍山心中竊喜，以為胡俊森的話讓他有了反擊的機會，只要他堅持伊川集團一定要在新區建廠，說不定孫守義會反而支持他，逼迫胡俊森接受伊川集團。

但是姚巍山立刻就知道他是上了胡俊森的惡當了，因為胡俊森接口說：「姚市長，我覺得您這話說得太絕對了，別人無法讓陸董改變心意，但您應該是有辦法讓他改變主意的。」

姚巍山突然有不妙的感覺，胡俊森這麼說絕對不會是無的放矢。但是他仍然嘴硬的說：「俊森同志，你這不是胡說八道嗎？我如果有辦法讓陸董改變心意，那又何必還要跟你在這裏費這麼多口舌啊？」

胡俊森笑笑說：「您肯定有辦法的，據我所知，伊川集團之所以會選定海川新區做為建廠的地方，有一個人起了極為重要的作用，這個人可是姚市長一位很親近的老朋友啊。」

姚巍山的臉騰地一下子紅了，他知道胡俊森已經知道幫伊川集團選址的就是李衛高了，胡俊森點出這一點，是在暗示整件事是他有意而為之的。

孫守義也聽出了胡俊森的弦外之音，同時看出了姚巍山的不自在，心裏馬上想到胡俊森所說的這個人是誰了。不用猜，這個人一定是李衛高了。如果真是這樣的話，伊川集團選址在海川新區，這裏面就大有文章了。

孫守義知道李衛高的真正身分，姜非查到的李衛高的真正身分資料還在他辦公室裏鎖著呢，這是個如假包換的詐騙犯，姚巍山指使李衛高故意把一個有毒的工廠放在胡俊森的海川新區，好破壞海川新區的規劃建設，根本不安好心。

孫守義看了姚巍山一眼，心說姚巍山這傢伙該不會是老毛病又犯了，又想拿他當槍使了吧？你要跟胡俊森鬥，自己去跟他鬥好了，老拖上我幹什麼？當我是傻瓜，老聽你的擺佈啊？

孫守義就有些惱火了，心想該給姚巍山一點教訓，讓他知道知道他不是傻瓜，不是那麼好被他利用的，因此暗中算計著如何讓姚巍山自食苦果。

孫守義便笑笑說：「俊森同志，你說是姚市長的老朋友幫伊川集團選址的，究竟是誰啊？我見過嗎？」

胡俊森一聽孫守義這麼說，心中大樂，知道孫守義是故意這麼問的，而且已經猜到他說的這位老朋友就是李衛高了。既然猜到是李衛高幫陸伊川選址海川新區，那孫守義就應該知道這其中是姚巍山搗的鬼。事情似乎完全按照傅華設想的那樣在發展。

胡俊森就說：「這個人孫書記您也許沒見過，但是肯定聽說過，就是來自乾宇市的李衛高先生，他是搞易學研究的，據說很懂得一些風水地理易數之類的玄學知識。」

「哦，我聽說過這個人，」孫守義說：「前段時間海川有不少人在說老姚跟這個人的關係很不錯。怎麼，這裏面有這位李先生什麼事嗎？」

胡俊森說：「伊川集團的董事長陸伊川先生對李衛高十分信任，這次來海川考察，這位李先生一直陪伴在陸董左右，據說對伊川集團選址在海川新區提供了關鍵性的意見。」

說到這裏，胡俊森看了看顯得局促不安的姚巍山，笑笑說：「姚市長，這位李先生既然是您的老朋友，他來海川的事，您不會不知道吧？」

孫守義在一旁插話說：「是啊，老姚，你這幾天見過你這位老朋友嗎？」

姚巍山心裏不由得暗罵胡俊森狡猾，但是他現在不好否認見過李衛高，大家都知道他們的關係密切，李衛高來海川是不可能不跟他說的；而且李衛高陪同陸伊川去市政府見他，很多員工也知情，要是否認的話，越發會讓人覺得其中有鬼。

於是姚巍山力圖鎮定地說：「李先生來海川我們是見過面的，只是我不知道伊川集團的選址是由他給陸董提供了關鍵性的意見。」

姚巍山這句話明顯有此地無銀三百兩的意味，孫守義心裏笑了，這時候他已經想到了要怎麼去處理整件事了，便說：「誒，老姚，你別說，我也聽過你這位老朋友在易學方面的大名，有一次在商界的聚會上，我聽一位商人說起他的神通，什麼預知未來，預測凶吉，說的神乎其神的。」

姚巍山笑笑說：「那只是以訛傳訛罷了，其實他沒那麼神，不過是精於易經的研究，依靠易經做一些預測而已。被他矇對的時候，人們就會覺得他很神。」

孫守義說：「能矇對就是本事啊。」

「有時候他也不一定對的，像他給我做了幾次預測都不準，我只是覺得他是個說話很有哲理的人，能夠從他的話當中得到一些啟發，才會跟他做朋友的。」姚巍山撇清說。

姚巍山這麼說的意思，是說他並不迷信。

孫守義笑笑說：「老姚，雖然我也認為易學研究很不靠譜，不過這個社會，商人們好像很認同它。」

胡俊森在一旁附和說：「是啊，很多生意人做什麼事情都要先找這些大師什麼的給看一看，大師說能做了他們才會去做，據說香港人更是相信這一點。」

姚巍山看孫守義和胡俊森這麼一唱一和的，大致猜到了這兩個人是想幹什麼了，一定是想讓他安排李衛高說服伊川集團另行選擇建廠的地方。

果然，孫守義說：「海川新區地段雖然好，奈何伊川集團的項目不符合新區的規劃，我看這件事還是要麻煩你，去拜託一下你這位朋友，看看能不能讓伊川集團在海川別的地方重新選一塊風水寶地啊？」

姚巍山到這時候也只能應承下來了，幸好他還能夠控制得住李衛高，倒不愁辦不到這一點。

姚巍山就說：「作為市長，我也希望伊川集團能夠留在海川，所以不用您說，我也會盡力去拜託李先生的。」

孫守義別有意味的看了姚巍山一眼，笑笑說：「我相信老姚你一定能做到這一點的。現在好了，你們兩方皆大歡喜，問題解決了。」

姚巍山奉承說：「還是孫書記您腦筋轉得快啊，我這個人腦袋就遲鈍多了，怎麼就沒想到事情可以這麼解決呢？」

孫守義心說：你什麼腦筋遲鈍啊，我看你的腦筋轉得比誰都快，只不過你都把腦筋用在算計人那方面去了，要不是你想算計胡俊森，根本就不會有現在這些問題的。

孫守義結論說：「好了，這件事也無所謂誰的腦筋轉得快，誰的腦筋轉得慢，我知道大家的目標都是一致的，都是想發展海川經濟，只要大家都能像現在一樣有志一同，什麼問題我們都能夠解決的，是吧，老姚？」

姚巍山聽出孫守義這話是反話正說，有敲打他的意思，便強笑了一下說：「對，您說的太好了，就是這麼個道理。」

孫守義又轉頭看了一眼胡俊森，說：「俊森同志，我也要說你兩句，我知道你拒絕伊川集團是為了海川新區好，但是你的態度能不能好一點啊？老姚畢竟是市長，是你的上司，你要尊重他，不要動不動就跟他吵。你看，我們把道理跟老姚講清楚了，他也很通情達理的接受了不是嘛。」

孫守義這麼說是有點兩方平衡的意味，他知道姚巍山心裏肯定不舒服，就不輕不重的說胡俊森兩句，姚巍山心裏也會舒暢一些；同時，他也不想看到一個下屬副市長頂撞市長的情況發生。這是以下犯上，如果縱容不管的話，讓別人有樣學樣，那他就不好管理海川市了。

胡俊森的問題得到了解決，心裏很高興，加上傅華事先提醒過他，因此對孫守義說的話並不排斥，立即點點頭說：「您批評的是，這點我確實是做錯了。姚市長，前面多有冒犯，對不起。」

姚巍山勉強的笑了一下，說：「俊森同志，沒什麼，我知道你也是為了工作嘛，我不介意的。」

孫守義打圓場說：「這就對了嘛，只要我們班子裏的同志能夠精誠合作，海川一定會被我們建設得更好的。」

「是的，」姚巍山巴結地說：「您說的很對，現在事情有了解決方案，您如果沒什麼別的事的話，我要趕緊回去聯繫李先生，好把方案給落實下去。」

孫守義笑說：「行，老姚，你去忙吧。」

姚巍山就先行離開了，胡俊森也站了起來，說：「孫書記，很感謝您對新區的大力支持，如果沒什麼事的話，我也回去了。」

孫守義看了胡俊森一眼，交代說：「行，你回去吧。新區是我們海川現在發展的重點，市委對此自然是大力支持的，以後如果什麼地方需要我這個市委書記出面的，儘管來找我好了。」

胡俊森點點頭說：「孫書記，以後我會經常跟您彙報海川新區的情況的，我回去了。」

孫守義目送著胡俊森離開他的辦公室，感覺今天的胡俊森有了很大的變化，不再像以前那麼桀驁不馴，為人處事變得圓滑很多，做什麼事情也不直來直去了，懂得用上心機，居然還把姚巍山耍了一道。

原本孫守義把胡俊森找來，已經做了胡俊森會跟他大鬧一場的心理準備。他會發生這種變化肯定是有原因的，孫守義把原因歸在傅華身上，他猜想胡俊森來見他之前，肯定跟傅華溝通過，傅華一定是給了他一些指點，要不然胡俊森也玩不出這一手。

孫守義就撥通了傅華的電話，說：「傅華，胡俊森剛從我這兒離開，我發現胡俊森似乎變聰明了很多，這是不是你教他的啊？」

傅華笑了起來，說：「孫書記，您這可是太高看我了，我哪有能力去教胡副市長啊？」

孫守義說：「你別不承認了，胡俊森今天說的話，以前的他可是說不出來的。」

傅華笑笑說：「那是人家悟性高，有進步了。誒，孫書記，其實我覺得胡俊森是很可交的一個人，他對朋友沒什麼壞心眼，不像某些人時時刻刻都在想著怎麼算計別人。」

孫守義認同說：「這我知道，胡俊森只是脾氣臭一點罷了，他是個驕傲的人，這種人本質不壞，更不屑於去算計別人的。」

傅華說：「對，他就是脾氣有點臭，這點我已經提醒過他了，要他多尊重一下領導。」

孫守義滿意地說：「看來你的話他是聽進去了，他今天在我這兒表現得很不錯呢，態度謙卑有禮，對我很尊重，都讓我感到有些意外了。」

傅華討好地說：「這是他意識到您是他可以信賴的領導，應該給與相應的尊重嘛。」

孫守義嗤了聲說：「好了，傅華，別給我戴高帽了。誒，我想問一下，你對伊川集團冷鍍工廠這個項目怎麼看啊？」

傅華說：「我剛才上網查了一下伊川集團的資料，我個人的看法是，伊川集團本身是沒什麼問題的。」

孫守義說：「那你覺得什麼才是有問題的呢？」

傅華回說：「我覺得有問題的是圍在伊川集團周圍的這些人，這些人都是些貪婪之輩，他們想的可不是要幫伊川集團發展，而是怎麼樣從伊川集團身上謀取他們自己的利益。」

從姚巍山到海川之後的表現上看，再加上李衛高這個如假包換的詐騙犯，怎麼看這些傢伙都是不靠譜的，因此孫守義覺得傅華說的很對，便問：

「那你覺得我應該採取什麼態度啊？」

傅華建議說：「我認為您對伊川集團在海川市建廠可以支持，但儘量不要去參與具體的事務比較好。」

孫守義說：「具體事務我不會去參與的，那樣說不定姚巍山還會以為我想跟他搶功呢。對了，你那個熙海投資最近進展的如何了？」

傅華報告說：「還算不錯，已經跟中衡建工初步達成協議，中衡建工全額墊資幫我發展那兩個項目。」

孫守義聽了說：「不錯啊，那兩個項目利益豐厚，看來你很快就要發了。」

傅華趕忙說：「發什麼啊，我只不過是個管理者而已，就算賺到了錢，也是洪熙天成和海川市駐京辦的。」

孫守義笑笑說：「就算是管理者，能把項目給做成，也能夠獲得很好的收益的。」

傅華謙虛地說：「也沒多少，就是個管理者的薪水罷了。誒，孫書記，關於熙海投資的事，我正好有話要跟您說。」

孫守義說：「你想說什麼啊？」

傅華說：「是這樣子的，那個被姚市長調來的林蘇行，最近有意無意的在一些領導面前講了關於駐京辦的事。」

孫守義詫異地說：「這個林蘇行怎麼這麼多事啊？他都說了些什麼？」

傅華說：「他也沒敢說什麼壞話啦，就是說我負責的工作有點多，擔子有點重罷了。」

孫守義馬上就聽懂林蘇行的意思了，不禁說道：「這傢伙做事倒是跟他的主子一個風格啊。」

傅華笑說：「有什麼樣的主人，就會有什麼樣的奴才。不過我擔心的不是林蘇行，他的能力還不足以對駐京辦的工作有什麼影響，我擔心的是他身後的那個主子，我懷疑是那個主子支使他這麼做的。」

「你是說他身後的那位對駐京辦有想法了？」孫守義有點不太相信的說：「應該不會吧，他應該知道自己多少斤兩，不會貿然去打你的主意吧？」

傅華說：「但是林蘇行確實是這麼做了，我怕這只是前期的鋪墊，接下來那位主兒不知道還會玩出什麼花樣來。」

孫守義皺著眉說：「那個人太愛算計人了，你對他不得不防，那你想讓我做什麼？」

傅華說：「當初您可是答應我，會支持駐京辦擴大經營的，所以我希望今後的一段時間內，市委不要對海川駐京辦做什麼人事方面的調整，我現在需要一個穩定的環境好發展熙海投資的項目。」

孫守義承諾說：「這點我可以做到，如果誰在近期提出調整駐京辦的人事，我會幫你擋回去的。」

第三章

美國間諜

胡瑜非露出神秘的表情說：「據資料顯示，
這個楚歌辰跟美國的中情局有過不少的聯繫，
他們懷疑楚歌辰是一名美國派遣在香港的間諜。」
「美國間諜？」
傅華愣住了，沒想到查來查去居然查出一個美國間諜來。

再次出現在朝陽公園門口的羅茜男顯得輕鬆了很多，對傅華笑笑說：

「傅華，你老是約我在這裏見面，不知情的人一定把我們當成一對情侶了。」

傅華笑說：「當就當吧，做情侶又不犯法。誒，羅茜男，你要不要靠過來一點，這樣會更像情侶一些的。」

羅茜男笑罵說：「你這傢伙，不占我的便宜會死啊！誒，你約我來，是不是想告訴我你找到對付齊隆寶的辦法了？」

傅華說：「對付他的辦法我還在思索當中，不過我已經知道這傢伙的來歷了。你聽說過魏立鵬這個人嗎？」

羅茜男想了想說：「魏立鵬？這個名字聽起來有點耳熟啊，不過我一時間想不起來他究竟是幹什麼的。」

傅華說：「是一位已經退休的高官，在政壇上很有影響力，你上網搜一下他的資料，就會知道他是誰了。」

羅茜男眉頭深皺起來，「這麼說，也是個不好對付的傢伙了？」

傅華點點頭說：「是的，這傢伙雖然退休了，依然很有威望，胡瑜非和楊志欣對他都有些忌憚。」

羅茜男忍不住抱怨說：「你瞭解的這些還不如不去瞭解呢，到現在為止，你掌握到的資料都是齊隆寶怎麼怎麼不好對付的，這樣的東西，除了讓我們對他更加恐懼之外，沒有一點別的用處，你能不能給我一些有建設性點的資料啊？」

傅華無奈地說：「我也想找到能一下子將齊隆寶置之死地的資料啊，但是目前還找不到。不過，恐懼他沒必要，這傢伙在我們面前已經從一個無形的人慢慢的顯現出輪廓，等我們能夠看到全貌的時候，也就是我們能夠打敗他的時候了。」

羅茜男嘆說：「你總是這麼樂觀，希望這傢伙有足夠的耐心能夠等到我們看清楚了他的全貌才對我們下手。」

傅華透露說：「這傢伙其實也沒想像的那麼可怕，喬玉甄已經離開香港，不在他的控制範圍之內了。」

羅茜男愣了一下，說：「你不會是想告訴我，齊隆寶是魏立鵬的兒子這件事，是喬玉甄告訴你的吧？」

傅華笑說：「你說呢？」

「嗨！你這傢伙，」羅茜男伸手狠狠地捶了傅華胸膛一下，氣哼哼的說：「那天你把我瞞得好苦，害得我在你面前那麼失態，原來喬玉甄早就跟你說了齊隆寶的事了，你真是可惡啊。」

傅華疼得咧嘴說：「誒，我們能不能講好，以後說話歸說話，不要動手動腳的好不好，很疼耶。」

羅茜男沒好氣地說：「活該，你害我那天在你面前那麼失態，我還不應該給你點教訓啊！」

傅華苦著臉說：「我那是為了確保喬玉甄母女倆的安全嘛！如果喬玉甄還沒脫離齊隆寶掌控的範圍，我們就按她提供的線索去查的話，一定會讓齊隆寶意識到是喬玉甄出賣他的，那喬玉甄就危險了，這個你該體諒我的。」

羅茜男嘟著嘴說：「我是可以體諒你。但是你事先不跟我講，擺明了是不相信我嘛。」

傅華說：「我是不相信你，這牽涉的可是我女兒的安全，這時候我誰都不會相信的。」

羅茜男看了看傅華，挖苦說：「聽起來好像你還挺有責任感的嘛。不過有一點我挺奇怪的，算算喬玉甄懷上你這個寶貝女兒的時間，好像你還沒離婚吧？那時候你對你老婆的責任感哪兒去啦？真不知道是該說你負心寡義好呢，還是該說你兒女情長好呢？」

傅華被說得有些不好意思，乾笑了一下，說：「羅茜男，你能不能說話別這麼直接啊？我跟喬玉甄的情況很特殊……」

羅茜男取笑說：「男人出軌總是會說情況特殊的。好了，我不想聽你的豔史，還是回歸到正題上來，說說齊隆寶吧。我想睢才燾和齊隆寶兩個人應該會直接見面的，你說我如果讓人一直盯著睢才燾，會不會就能摸清齊隆寶的下落呢？」

傅華說：「不是沒這個可能，但是這個可能性不大，而且這是個守株待兔的笨方法，能不能守得到兔子很難說。」

羅茜男回說：「我倒是想找個聰明的辦法，可是找不到啊。你能幫我找到聰明的辦法嗎？」

傅華無奈地說：「我也沒什麼聰明辦法，我現在用的也是笨辦法，喬玉甄還給我提供了一個線索，說齊隆寶跟香港一個楚歌辰的商人有過金錢上的往來。」

「楚歌辰？」羅茜男說：「這個人在香港是做什麼的啊？」

傅華說：「我也不清楚，不過我已經托人去香港查這個傢伙的底細去了。」

羅茜男不禁說道：「傅華，你又查這個又查那個的，我怎麼覺得像是一隻沒頭蒼蠅四處亂撞似的，這種毫無章法的做法可是對付不了齊隆寶那種狠角色的。」

傅華莫可奈何地說：「我們跟齊隆寶的這場博奕本來就沒什麼章法可言，我們跟他比的不是誰更聰明，而是比誰更有毅力能夠堅持下去，誰堅持到最後，誰就能贏得勝利。我們總會戰勝他的，我相信……」

「好了好了，」羅茜男受不了地說：「你別再跟我講什麼你相信了，我不想再聽這些虛無飄渺的話。以後你如果找到了什麼切實可行的辦法再告訴我，除此之外，還是閉嘴吧。」

傅華笑了起來，說：「好吧，我不再跟你講什麼我相信了，這總行了吧？」

羅茜男也笑了：「行。誒，你跟喬玉甄的女兒是不是很可愛啊？」

傅華點點頭，露出父愛的表情說：「她就像個小天使一樣，所以我們一定要戰勝齊隆寶，因為我還想看著她一天天長大呢。」

「那你要娶喬玉甄嗎？」羅茜男問。

傅華愣了一下，隨即搖搖頭，「這個問題我還真沒想過。」

羅茜男哼了聲，說：「原來你光想著要女兒，根本就沒想過要女兒的媽媽啊，你這傢伙可真夠薄情的。」

傅華搖搖頭說：「有些事你不知道，如果沒這個女兒的話，可能我和喬玉甄這輩子都不會再見面的。我和喬玉珍只發生過一次那種關係，當時她被齊隆寶禁錮了一段時間，而我也因為被齊隆寶抓去過，兩人有些惺惺相惜；後來喬玉甄被釋放了出來，說想跟我好好共度一夜，然後各奔東西，永不相認，我一時意志不堅就同意了。」

「一時意志不堅？」羅茜男笑說：「你這個藉口很有意思啊，好像你多委屈一樣，你心中是喜歡她的吧？」

傅華坦承說：「這我承認，雖然我有婚姻，也沒想過要背叛家庭，但是遇到一些優秀的女人，難免會有心動的感覺。羅茜男，難道你就沒遇到過已經有了男朋友，卻遇到另一個讓你心動的男人的情況嗎？」

羅茜男的臉騰地一下子紅了，這傢伙是不是想暗示什麼啊？是說我和睢才燾表面上還維持著男女朋友的關係，實際上心裏卻喜歡你?!難怪喬玉甄會無怨無悔的為他獻身，這傢伙身上是有一種讓女人著迷的氣質。

看到羅茜男臉紅了，倒把傅華給弄愣了，開玩笑說：「誒，羅茜男，你怎麼臉紅了啊？不會正好被我說中心事了吧？」

羅茜男長這麼大還從來沒有遇到像現在這麼窘迫的時候，她瞪了傅華一眼，喝斥說：「別拿我開玩笑，沒事的話，我回去了。」

傅華沒作他想，笑笑說：「行啊，有什麼情況我們隨時連絡吧。」

羅茜男說：「那我走了。對了，楚歌辰的情況我會拜託黃董在暗地裏調查的，這個應該沒什麼問題吧？」

動用黃易明，也就是要動用香港的地下勢力，傅華想想，羅茜男跟黃易明算是合作夥伴，她找黃易明幫忙也很正常；另一方面，傅華也感覺動用地下勢力對付像齊隆寶這樣的傢伙恐怕更有效一些。

傅華便同意說：「我沒問題，不過，你一定要告訴他們，對手是個極危險的人物，讓他們小心些，儘量不要打草驚蛇。」

羅茜男點了一下頭，說：「這我明白，走了。」

羅茜男走了之後，傅華也坐上車回到駐京辦。

沒一會兒，電話響了，是單燕平的電話。

「誒，老同學，找我有什麼事啊？」

單燕平說：「老同學，你那個豐源中心項目進展的如何了？」

傅華笑笑說：「還算可以吧，我正在跟承建公司商談合約的細節問題，很快項目就會啟動了」

單燕平詫異地說：「你找了哪家公司啊？」

傅華說：「中衡建工。」

單燕平聽了說：「中衡建工啊，不錯，這麼大的項目是需要一家中字頭的公司承建才行。不過，你的進度可是有點慢啊。」

傅華嘆說：「老同學都不肯幫忙，我一個人勢單力薄，自然是快不起來啦。」

單燕平大感不平地說：「誒，你這話可是冤枉我了，誰說我不肯幫忙了？你的事我可是放在心上，這些天幫你聯絡了不少家公司，也讓我的朋友幫忙打聽，問有沒有公司想要預售你的大樓的。」

「哦，」傅華笑說：「那我先謝謝你了。那究竟有沒有公司對豐源中心感興趣的啊？」

單燕平得意地說：「我單燕平出馬，當然不會空手而回了。我朋友幫我聯繫到了平鴻保險公司，他們對你的大樓很感興趣，他們正準備在北京核心地帶選址建造他們的總部，不過目前想在北京找到一個適合建造總部的地方可不容易；後來我朋友跟他們董事長說了你這個豐源中心，他馬上就很感興趣，要我跟你聯繫一下，看看找個時間出來吃頓飯，想瞭解一下大樓預售的情況。」

「好啊，」傅華高興地說：「謝謝你了老同學，你這真是及時雨啊。」

隨著國人的富裕，保險業開始有了蓬勃的發展，不斷有新的保險公司開幕，平鴻保險就是這樣一家新建不久、帶有國資背景的保險公司，有著雄厚的資金實力。

單燕平罵說：「這時候你就不嫌我不幫忙了吧？」

傅華感激地說：「那是跟你開玩笑的。老同學，你問問平鴻保險公司的董事長什麼時候有空，我請他吃飯好了。」

單燕平笑說：「那我跟我的朋友聯繫一下，等一下我給你電話。」

單燕平掛了電話，傅華興奮的站了起來，這對他來說實在是個好消息，如果能夠跟平鴻保險達成一份預售大樓的合約，收取一部分資金的話，那他用於這兩個項目的資金馬上就會盤活起來，他的財務現狀也會從捉襟見肘變成綽綽有餘了。

雖然齊隆寶的事還沒有解決的思路，但是豐源中心和天豐源廣場這兩個項目卻已經有了逐步向好的趨勢了。

過了十幾分鐘後，單燕平的電話打了過來，說：「老同學，我的朋友幫你約好平鴻保險公司的董事長曲向波，明天晚上一起吃飯，你這邊沒什麼問題吧？」

傅華立即答應說：「太沒問題了，我馬上就訂飯店，明晚我們不見不散了。」

單燕平笑說：「老同學，你也不要太興奮了，明天只是初步接觸，能不能確定下來還不一定呢。」

「這我知道。」

單燕平的話讓傅華平靜了一下心緒，平靜下來的他就想到了一個問題，這些國資背景的企業其實並不好打交道，這些國企的經營者實際上並不擁有這些巨額的資產，因此很多國企的經營者遇到像這樣購買大樓的項目時，首先想到的是從中能為自己謀取什麼好處。

這個曲向波會不會也有這種想法啊？如果曲向波也是這種想法，那傅華還真是不能接受。如果他在這時候做什麼手腳的話，一直監視他的齊隆寶肯定會發現的，齊隆寶絕不會放過這種打擊他的機會，那他不但沒辦法把大樓賣給平鴻保險，還可能把自己送進監獄去。

傅華覺得為了保險起見，還是先問清楚一些比較好，省得到時候他無法接受曲向波的要求，搞得大家都不愉快。就先聲明說：「誒，老同學，這個曲向波不會有什麼特殊的要求吧？我可跟你說，我做這個項目得罪了不少人，很多人都在背後等著我犯錯呢，如果曲向波有什麼出格的要求，我可不敢答應，否則就是害人害己了。」

單燕平笑笑說：「老同學，你小心過度了，我怎麼會做那種害你的事呢。你放心地跟曲向波見面好了，我保證他不會提出什麼不合理的要求的。」

傅華放下心來，說：「那是最好了，我最近事情有點多，神經有些緊張過度了。」

單燕平關心地說：「那你該放鬆一下了，別把自己綳得那麼緊，身體很容易出問題的。」

傅華聽了說：「我會注意的。那我先掛電話了，訂好飯店我再通知你。」

單燕平叫說：「你先別急著掛電話啊？還有一件事，我聽說許彤彤回北京了，我很久沒見到她了，想跟她聊聊，你明晚約她一起來吧。」

傅華愣了一下，這個單燕平還真是對許彤彤念念不忘啊，老是要他約許彤彤一起吃飯。

傅華笑說：「你的消息倒靈通啊，我都不知道許彤彤回北京了。」

單燕平說：「那是你沒注意報紙的娛樂版。昨天就有報導，許彤彤和尹章的戲殺青了，劇組回到北京。還有報紙登出了許彤彤出現在北京機場的照片呢。」

傅華失笑說：「這我還真沒注意。」

單燕平說：「你注沒注意我就不管了，反正明天晚上你一定要把她給我約來，我現在有個構想，要開一個娛樂公司，投資幾千萬拍一部時裝大戲，我想讓許彤彤做這部戲的女主角，把她打造成國內一線的大明星。」

傅華不禁嘆道：「老同學，你的事業可是越擴展越大，居然都要涉足影視圈了。」

單燕平說：「這是為了圓我早年的一個夢而已，我從小就喜歡看電視劇、電影，那時候就很想自己能夠拍攝一部電影或電視劇之類的。以前沒這個能力，也就只能想想而已，現在興海集團有這個實力了，我就想把這個夢想給實現了。」

傅華聽了說：「那好吧，我幫你約許彤彤就是了，不過我可不敢保證她一定會去參加飯局啊。」

單燕平不平地說：「誒，老同學，你這就不夠意思了吧？我費盡心力幫你聯繫上平鴻保險公司，幫你解決了那麼大的一個難題，我只想約許彤彤出來吃頓飯這麼簡單的事你都不幫忙嗎？」

傅華沒話說了，只好笑笑說：「好，我幫你約她就是了。」

單燕平說：「那你趕緊約吧，約好了跟我說一聲。」

傅華答應說：「好，我馬上就打電話給許彤彤。」

單燕平掛了電話，傅華就立刻打電話給許彤彤。

許彤彤很快接了電話，意外地說：「誒，傅哥，今天怎麼這麼想起來給我打電話了？」

傅華笑說：「也沒什麼，就是聽朋友說你回北京了。」

許彤彤說：「是啊，那部戲殺青了，我就回北京休息幾天。昨天才回來的，正想休息兩天再去海川駐京辦看你呢。」

傅華說：「看我就不必了，我也沒什麼好看的，還是那副模樣。」

許彤彤撒嬌說：「人家想見你，跟你聊聊天，不行啊？」

傅華說：「行，你是大美女，想做什麼都可以。誒，彤彤，我還沒恭喜你呢。」

許彤彤愣了一下，說：「傅哥，你要恭喜我什麼啊？」

傅華笑了笑說：「恭喜你被媒體選為本年度最清純女星啊。」

許彤彤開心地說：「這你也知道啊？」

傅華說：「是上次在香港見到黃董，黃董跟我說的。」

許彤彤謙虛地說：「其實也沒什麼好恭喜的，媒體炒作而已。倒是傅哥，你現在事業越做越大了，黃董說，你現在手中管理的那兩個項目價值幾十億呢，這才是真的值得恭喜。」

傅華自嘲說：「你就別來笑話我了，我現在被這兩個項目搞得是焦頭爛額，還恭喜呢。誒，彤彤，你明晚有空嗎？我想約你吃飯。」

許彤彤欣喜地說：「好啊，傅哥，就我們兩個人嗎？」

傅華說：「不是，還有別的朋友，我那位老同學單燕平也會去，就是她告訴我你回北京的，她說想要見見你，還有一個時裝大戲想跟你談談。」

「哦，」許彤彤有些失望地說：「我還以為是我們單獨吃飯呢。」

傅華開玩笑說：「那我可不敢，你現在是影視圈的紅人，如果被人看到和我單獨一起吃飯，會給你鬧不必要的緋聞的。」

許彤彤不介意地說：「就是鬧點緋聞也沒什麼，你和我都是單身，誰都管不著的。」

傅華趕忙說：「千萬別，你現在應該已經有很多男粉絲了，我可不想被他們指著罵我是癩蛤蟆想吃天鵝肉。」

許彤彤笑了起來，說：「傅哥，你千萬別這麼說，我能在影視圈裏發展得這麼順利，你可是幫了我很大的忙，對此我一直銘記在心，你想要我做什麼，我都願意的。」

傅華明知許彤彤的暗示，卻不想承受這份感情，便搖搖頭說：「你能有今天的成績是因為你的努力和天分，與我沒有太大的關係。彤彤，說好了，明晚一起吃飯，到時候我去天下娛樂接你。」

許彤彤答應說：「行啊，傅哥，明晚不見不散了。」

掛了電話，傅華訂好酒店，然後打電話給單燕平，把許彤彤答應出席和酒店的名字告訴單燕平。

單燕平聽了滿意地說：「謝謝你幫我約許彤彤出來。」

傅華笑說：「客氣什麼啊，這點小忙不算什麼的。」

第二天上午，傅華接到胡瑜非的電話，胡瑜非讓他過去一趟，說有事情要跟他談。傅華猜測大概他是得到了關於楚歌辰的資料了，於是立刻趕去胡瑜非家。

胡瑜非將一份資料遞給傅華，說：「你看看吧，這是萬博從香港警方那邊搞到的。」

傅華看了看，上面有楚歌辰的照片以及個人和家庭的資料，上面寫楚歌辰是個五十多歲的中年商人，育有一子一女，在香港從事對美的出口貿易。公司屬中等規模，營運正常，他個人和經營的公司在香港並無任何違法記錄。單從資料上看，這是一個再正常不過的香港商人了，傅華看不出有任何的可疑之處。

他抬頭看了看胡瑜非，納悶地說：「胡叔，這些資料根本就沒有什麼價值啊，從這上面根本看不出來這個楚歌辰有什麼不對的地方嘛。」

胡瑜非露出神秘的表情說：「有價值的東西並沒有寫在上面，所以你看不出來。據萬博的香港朋友說，香港警務處刑事情報科監控到的資料顯示，這個楚歌辰跟美國的中情局有過不少的聯繫，他們懷疑楚歌辰是一名美國派遣在香港的間諜。」

「美國間諜？」

傅華愣住了，沒想到查來查去居然查出一個美國間諜來。

香港是個自由港，又跟大陸是一國兩制，歐美一些國家把這裏當做偵查大陸情報的橋頭堡，因此香港有不少的歐美間諜。

傅華覺得事情變得有點滑稽，齊隆寶隸屬於秘密部門的高官，又是血統純正的紅二代，應該很清楚跟一位美國間諜私下接觸意味著什麼。

既然清楚其中的利害關係卻依然私下接觸，這只有兩種可能，一是秘密部門安排給齊隆寶的工作任務，要透過楚歌辰完成一些對美國的間諜工作；另一種可能就是楚歌辰策反了齊隆寶這個秘密部門的高官。

這兩種可能中，傅華傾向於第二種可能。因為喬玉甄說齊隆寶讓她轉一筆錢給楚歌辰，齊隆寶在喬玉甄那裏的錢都是用不合法的手段賺來的錢，這種錢是見不得光的，所以齊隆寶絕不會傻到要用這種錢去從事公務活動。

這就讓傅華有些困惑了，齊隆寶利用手中的權力攫取私利，尚且可以說是為了滿足內心的貪婪，那他背叛父輩效忠的國家又是為了什麼？國家給了他尊貴的身分以及最好的待遇，他還背叛，簡直讓人不可思議。

傅華不敢置信地說道：「胡叔，你剛才說的這些太讓人震撼了，我的腦子一時有點反應不過來，您說為什麼魏立鵬的兒子會跟美國間諜發生聯繫呢？這不可能的啊。」

胡瑜非深有同感地說：「我聽到楚歌辰可能是美國間諜的消息時，也感到難以置信，傅華，關於楚歌辰跟齊隆寶有聯繫這一點，你確信沒有搞錯嗎？」

傅華肯定地說：「這個我可以確定，不然我也不會知道還有楚歌辰這個人的存在。」

胡瑜非想想說：「這倒也是。」

傅華說：「胡叔，那您覺得他們之間會是一種什麼樣的聯繫呢？」

胡瑜非反問道：「你是怎麼想的？」

傅華眉頭深鎖地說：「我想的是最壞的那種可能。」

胡瑜非痛苦地說：「我記得魯迅在紀念劉和珍君那篇文章中說過：『我

向來是不憚以最壞的惡意來推測中國人的，然而我還不料，也不信竟會兇殘到這地步。這種事情既然是存在那種最壞的可能，那這種最壞的可能就應該是唯一的可能了。』」

傅華可以體會得到胡瑜非對查到齊隆寶有可能背叛國家的事感到很痛心，胡瑜非的出身背景大致上跟齊隆寶差不多，不同的是，胡瑜非對國家有著神聖的使命感。

傅華不禁問胡瑜非：「胡叔，你覺得這件事我們該怎麼辦呢？」

胡瑜非為難地說：「如果是一般的官員，就我們查到的這些事證足可以讓有關部門展開對齊隆寶的調查了，但關鍵是齊隆寶是魏立鵬的兒子，牽涉到魏立鵬，我們能拿出的這些證據就顯得十分的單薄了。」

胡瑜非說的也有道理，他調查楚歌辰依據的只是喬玉甄的一句話，喬玉甄現在又身在英國，出於安全的考量，她不可能回國向有關部門提供證據，也就是說，他實際上拿不出可靠的證據能夠指證齊隆寶。

不過，對傅華來說，並不是非要把齊隆寶置之於死地不可，他只要能夠限制齊隆寶的行動，讓齊隆寶不能隨意的對他採取斷然措施就可以了。要做到這一點，傅華認為現有的證據應該足夠了。

傅華就說：「胡叔，即使我們拿不出足夠的證據證實齊隆寶被楚歌辰給策反了，那也不能放任這件事就這麼發展下去。」

胡瑜非問：「你覺得這件事情應該怎麼辦？」

傅華說：「我覺得您應該把我們瞭解到的情況跟楊叔說一下，讓楊叔提醒有關部門注意一下這個齊隆寶。」

胡瑜非說：「那也不能對齊隆寶怎麼樣，而且提醒了有關部門，反而可能會打草驚蛇，讓齊隆寶知道我們已經查到了楚歌辰這條線，以後做事可能會更加隱密，我們再想抓到他的把柄就更加難上加難了。」

傅華說：「胡叔，其實我們不一定非要對齊隆寶怎麼樣，以齊隆寶的身分地位，真要鬧到對他採取措施的地步，那造成的影響可就十分嚴重了。」

胡瑜非說：「是啊，魏立鵬的兒子居然被美國間諜給策反，這件事如果鬧出來，將會成為轟動的醜聞。」

傅華說：「我認為應該先將齊隆寶調離現在的崗位，並限制他出入境的自由，以防止事件往更壞的方面去發展。一旦齊隆寶發現他跟楚歌辰的關係被有關部門掌握了，他隨時都能逃到海外的。如果真的逃到國外，那造成的惡劣影響就更大了。」

傅華繼續說道：「將齊隆寶調離現在的崗位，也是一種對齊隆寶的保護措施，如果齊隆寶知難而退，不再有什麼不軌的行為，這件事就可到此為止，不但齊隆寶的身家性命能夠得以保全，也能維護住魏立鵬的面子。」

胡瑜非搖搖頭說：「傅華，你這是把人往好處想了，齊隆寶不太可能知難而退的，一個大半輩子都在享受權力帶給他好處的人，你一下子將他的權力給剝奪了，他能承受得了才怪。」

傅華說：「您擔心齊隆寶會鋌而走險，做出更激烈的行為來？」

胡瑜非面色凝重地說：「是的，這種一向驕橫慣的人是受不了這種打擊的。」

傅華卻持不同看法，說：「我覺得不會，我跟他也算鬥了一段時間，對他的個性多少有些瞭解。我不否認他是那種膽子很大、什麼事情都敢去做的人，但這不代表他做這些事都是不經過大腦思考的，相反，很多事都是謀定而後動的。」

胡瑜非聽了說：「你對他倒是很瞭解啊。嗯，這傢伙確實很狡猾，思維縝密，都沒有留下什麼把柄讓我們抓。」

傅華研判說：「像這種做事經過嚴密考慮的人，是不太可能鋌而走險的，何況我們也沒把他逼進死胡同，還留了餘地給他，他也就更沒有必要以身犯險了。還有一點，魏立鵬年事已高，齊隆寶這個做兒子的，應該也不會想要鬧出什麼大事件，影響到他父親的健康吧？」

胡瑜非點了點頭，說：「你這個想法倒很周全，這樣吧，我會將你的建議跟志欣說，要怎麼做就由他來判斷吧。」

胡瑜非這麼說，傅華的心頭一下子輕鬆了很多，這件事已經不是私人之間的恩怨，而是涉及到國家安全的層面了，楊志欣應該不會置之不理的，起碼會對齊隆寶和楚歌辰採取監控措施。在被監控的前提下，齊隆寶再想做什麼危及到他人身安全的舉動，恐怕就不是那麼容易的了。

當然，最好的結果是，有關部門先將齊隆寶調離現在的崗位。沒有秘密部門做後盾，也就意味著齊隆寶這隻老虎失去了爪牙，危險性更會大大的降低了。

第四章

好聚好散

馮葵說：「從我記事開始，我就為我爺爺感到驕傲，
馮家給了我一切的榮耀，馮家的榮耀對我來說，
是深入骨子裏的東西，我容不得任何人來褻瀆馮家。
傅華，我是不會因為你而放棄馮家的，
我們還是好聚好散吧。」

晚上，傅華開車去天下娛樂公司接許彤彤。到了天下娛樂時，傅華就打電話告訴許彤彤他已經到門口了，沒一會兒，許彤彤就從公司走了出來，快步來到傅華的車旁，打開車門坐上傅華的車。

傅華看到許彤彤出現在他面前的樣子，不禁笑了起來，因為許彤彤不但用衣服把自己包裹的嚴嚴實實的，還戴了一副大墨鏡，墨鏡下面又戴了一副口罩。幸好他對許彤彤的形象算是瞭解，要不然還真不知道眼前這位包得像粽子一樣的女人究竟是誰。

許彤彤摘下墨鏡和口罩，笑笑說：「不好意思啊，傅哥，經常會有一些粉絲在公司門口等我，要我給他們簽名什麼的，今晚我不想讓他們打攪我，所以就搞了一點變身術了。」

傅華一邊開著車，一邊笑說：「你這樣子我倒覺得是欲蓋彌彰，粉絲們一定很好奇，這個大粽子裏包的究竟是什麼餡啊?!」

許彤彤笑了起來，說：「我現在這個樣子真的很像粽子嗎？其實我打扮完後看鏡子裏的自己，也覺得很好笑。」

兩人到了酒店，這次許彤彤下車時沒有再戴上墨鏡和口罩，因為在酒店大廳明亮的燈光下，一個女人帶著墨鏡和口罩，反而會更加引人注意的。

傅華走到許彤彤身邊，許彤彤很自然地伸出手去挽住了傅華的胳膊，甜笑說：「傅哥，要借你的肩膀幫我掩護一下了。」

說著，許彤彤的半邊身子就靠在傅華的肩膀上，借傅華的肩膀擋住了她的半邊臉。傅華雖然知道許彤彤是耍心機想跟他更親近一些，但這時候也不好推開許彤彤，只好就這麼跟許彤彤一起走進了酒店。

走了幾步之後，傅華就有些後悔了，年輕女性身上的那種甜美氣息不斷地從許彤彤身上散發過來，他的胳膊感受著許彤彤身體的溫度和柔軟，他需要強力控制住自己的心猿意馬，才能讓自己的身體不至於出現明顯的反應。

走進包廂後，許彤彤就放開了他，傅華頓時有如釋重負的感覺。單燕平和曲向波還沒到，傅華就和許彤彤聊了一些她在橫店拍片的事情。

單燕平領著兩個中年男人走進了包廂。傅華和許彤彤趕忙站起來迎接。

單燕平對傅華介紹她帶來的兩位男士說：「老同學，來，我給你介紹，這位是李凱中副主任。」

單燕平先介紹的是兩人之中看上去較年輕的這位，叫做李凱中的男人，中等個子，戴著一副金邊眼鏡，長得白白胖胖，給人一種富態的感覺。

雖然單燕平並沒有說李凱中是什麼部門的副主任，但是通常在交際場合先介紹的，都是相對比較重要的角色；也就是說，這個李凱中要比另外一個人的身分更重要一些。而另一個人不用猜，傅華也知道是平鴻保險公司的董事長曲向波了。

這個人居然比曲向波更重要，傅華在心中暗自猜測這個男人究竟是任職什麼部門。

傅華跟李凱中握了握手，說：「幸會了，李副主任。」

李凱中點點頭，輕輕的握了一下傅華的指尖，說了聲幸會，然後就放開了傅華的手。傅華感受到這個李凱中對他很敷衍，李凱中身上帶有一種在上位者的傲慢，讓傅華越發相信這傢伙肯定是某個重要部門的頭頂人物了。

李凱中鬆開傅華的手之後，眼睛瞄向傅華身旁的許彤彤，沒等單燕平介紹，就指著許彤彤一臉笑意地說：「不用介紹，我知道你就是許彤彤小姐，我看過電視播放的那部宣傳片，裏面你就像個仙女一樣美麗。」

許彤彤看李凱中伸出手來，不好不應酬他，就伸出手跟李凱中握了握，笑說：「李主任是不是想說我本人不如在電視裏漂亮啊？」

李凱中緊緊握住了許彤彤的小手，搖頭大讚說：「哪裡，我今天看到真人，才知道你本人比電視裏更漂亮，而且漂亮得不止電視裏的十倍。」

看李凱中這副模樣，傅華心裏不禁愣了一下，隱約覺得單燕平非要約許彤彤出來吃飯，並不是為了要拍什麼時裝大戲，而是為了這位李副主任。

傅華就有些不太高興了，他有求於單燕平不假，但是可沒想過要出賣許彤彤來換取單燕平幫忙的意思。

單燕平向傅華介紹了平鴻保險公司的董事長曲向波，曲向波跟李凱中是另外一個風格，他身形乾瘦，眼神銳利，有點鷹勾鼻，一看就是精明的人。

曲向波跟傅華握了握手，說：「傅董，豐源中心所在的地塊我去看過了，真是黃金地帶啊，回頭你要給我好好說明一下你們的開發計畫，我們公司很有興趣。」

傅華高興地說：「行啊，曲董，一會兒我會跟您談談我們的開發計畫，希望雙方能夠有機會合作。」

接著，單燕平就又介紹了許彤彤給曲向波認識，曲向波也對許彤彤的美貌稱讚不已，說他今天能夠見到本尊感到十分的榮幸。不過傅華看得出來，曲向波雖然對許彤彤也很熱情，但曲向波的熱情是有分寸的，僅僅是禮貌性的稱讚，跟李凱中對許彤彤的那種熱情截然是兩回事。

傅華是請客的主人，看大家寒暄完了，就趕忙招呼大家坐下來。

按說今天的主題是平鴻保險公司想要購買熙海投資開發的豐源中心項目，傅華作為主人，自然要把曲向波請到主客的位置上來，但曲向波不肯接受，堅持說今天李副主任在場，他不能坐在這個主客的位置上。

傅華看曲向波直推拒的樣子，便了解李凱中不但身分比曲向波重要，還很可能是能直接管到曲向波的。聯想到單燕平最近公司的一些大客戶都是大型國企，傅華心中隱隱覺得這個李凱中所在的單位呼之欲出，應該是在能分管這些大型國企的國資委工作。

傅華就趕忙請李凱中坐到主客的位置上去，李凱中假意的客套了幾句，還是坐到了主客的位置上，傅華就請曲向波坐到第二主位的位子。

許彤彤本來想去曲向波的下首坐著，李凱中這時卻向許彤彤招了招手，說：「誒，彤彤小姐，過來坐，過來坐。」

許彤彤看了傅華一眼，傅華對李凱中這種毫不掩飾的作風心中很不高興，心想你總是個官員，在這種場合注意一點形象好不好?!這時候他愈發看出來單燕平安排今天這個飯局，根本就是讓李凱中有機會跟許彤彤接觸的。

不過這時傅華有點騎虎難下了，曲向波顯然是衝著李凱中才來的，他如果得罪李凱中，這個飯局就進行不下去了。

場面上還是要應酬下去，傅華只好壓住心頭不悅，笑說：「彤彤啊，李副主任既然讓你過去坐，你就過去坐嘛，他應該也算是喜歡你的粉絲了。」

李凱中露出諂笑說：「對，傅董說的太對了，我就是彤彤小姐的粉絲，回頭彤彤小姐可別忘了給我一張簽名照啊。」

許彤彤應對這種場面也不陌生，就過去李凱中的下首坐了下來，笑笑說：「李副主任真是愛開玩笑，我還是個剛出道不久的新人，哪有資格送您什麼簽名照啊。」

李凱中忙說：「有的有的，你們娛樂圈可不是什麼論資排輩的地方，有天分的人一出道就紅了，沒天分的人也許熬上一輩子也還是不入流的。彤彤小姐就是很有天分，誒單董啊，你不是要投資開娛樂公司嗎？彤彤小姐可是很值得你投資的啊。」

單燕平這時坐到副陪的位置上，聽了說：「李副主任，我正想跟彤彤說這件事呢。彤彤啊，興海集團的娛樂公司已經在籌備中了，第一步計畫就是要拍一部三十集的時裝劇，這部戲的女主角是個新出道很有正義感的女律師，我想請你來扮演她，怎麼樣，感不感興趣啊？」

許彤彤很有分寸地說：「謝謝單董給我機會，不過，我現在是天下娛樂的簽約藝人，能不能演出這部戲，需要問過公司才可以的。」

傅華看許彤彤並沒有因為單燕平許諾她做女主角就表現出十分得意傲曼的樣子，回答單燕平的話也十分得體，既感謝了單燕平給她機會，也沒有貿然的答應單燕平什麼，算是進退有據。

看來許彤彤經過這段時間的磨練，成熟了很多，再也不是那個初出茅廬，別人一說什麼，她就受寵若驚、驚慌失措的新人模樣了，今天這個場面他無需為許彤彤擔心，許彤彤一定會應對得很好的。

單燕平說：「彤彤啊，天下娛樂那邊我肯定是要去溝通的，不過在此之前，你也要給我個明確的態度，告訴我你究竟願不願意接受這個角色啊？」

許彤彤巧妙地回避說：「單董，我還真是不能表這個態，我跟天下娛樂簽約的時間並不長，還是個新人，一切都得以公司的意志為主。公司如果同意我接這部戲，那我也不敢拒絕；反之，公司如果不同意的話，我就算再想演這部戲，也只能拒絕的。」

李凱中在一旁聽了說：「單董啊，你別難為彤彤小姐了，我想彤彤小姐的意思表達的很清楚，她必須服從公司的安排，所以你想要捧她做女主角，搞定天下娛樂不就行了嗎？」

單燕平便不再逼許彤彤表態了，說：「我明白了，回頭我會去跟天下娛樂的人溝通的。」

傅華這時插話說：「老同學，你們的話題講完了沒有啊？講完了的話，給我這個做東的主人一個機會敬個酒吧？」

單燕平笑說：「老同學對我有意見啦，行，我不說了，要敬酒就敬吧。」

傅華就端起酒杯，說些場面上的應酬話，向李凱中、曲向波兩人敬酒，宴會算是正式開始，包廂中的氣氛也開始熱烈起來。

傅華敬完酒之後，單燕平接著也敬了酒，然後就是主客之間相互穿插著敬酒。傅華注意到李凱中雖然對許彤彤特別熱情，卻沒有借敬酒的機會去灌許彤彤的酒，這讓傅華對他多少有了些好感，想來李凱中很自重身分，不會玩一些烏七八糟上不了臺面的花樣出來。

席間，傅華跟曲向波大概說明了關於豐源中心的發展情況，不過，因為是在酒桌上，很多細節方面的問題不好詳談，兩人就交換了聯繫方式，約定再找個專門的時間單獨細談。

酒宴便在一種很融洽的氣氛當中結束，李凱中和曲向波都是很有分寸的人，在這種第一次見面的場合上，喝酒都是點到為止，因此沒有哪個人喝得面紅耳赤或者醉醺醺的。

告別時，李凱中又握了許彤彤的手笑說：「彤彤小姐，你可別忘了，你欠我一張簽名照啊。」

許彤彤應付說：「李副主任，真是感謝您的抬愛，這樣吧，回頭我送張照片給單董，到時候讓單董轉交給您好了。」

李凱中滿意地說：「行，你可千萬別忘啦。」

之後，傅華送許彤彤回公司。

在車上，傅華歉意的說：「彤彤，今天真是不好意思啊，我事先不知道我那老同學是為了讓李凱中跟你接觸才邀請你來的。」

許彤彤笑說：「傅哥，這沒什麼的，那個李凱中算是彬彬有禮了，你沒看公司接洽的那些投資商，一個個急色的樣子都叫人噁心。」

許彤彤說的倒也不錯，今天李凱中雖然流露出對她濃厚的興趣，但行為舉止還算是克制。只是傅華不知道李凱中是真的這麼克制，還是覺得許彤彤必然會在他的掌握之中，所以才會那麼從容。

許彤彤這時問說：「傅哥，曲向波的合作對你很重要嗎？」

傅華看了許彤彤一眼，說：「彤彤，你想說什麼？是不是你並不想接我老同學那部戲啊？」

許彤彤點點頭說：「是的，我媽媽總跟我說，世界上沒有天上掉餡餅這樣的美事。」

許彤彤的話，讓傅華意識到單燕平找許彤彤拍戲很可能是個設計好的局，一個對製作影視戲劇毫無經驗的公司，竟找一個出道不久的新人擔綱一部三十集的大戲，其中的風險是相當大的，單燕平算是在商界打拼多年的商人，應該不會冒這麼大的風險才對。

至於單燕平說她這麼做是為了圓夢，傅華覺得那更是扯淡，當一個商人跟別人大談夢想的時候，他想的並不是這個夢想有多美好他才要實現它，而是能從實現這個夢想中賺取多少的利益。

再聯想到今天李凱中在許彤彤面前表現出來的那份從容，傅華有絕對的理由懷疑單燕平是為了李凱中才找許彤彤拍這部戲的。如果許彤彤接下這部戲，她就掉進了單燕平的掌握之中，到時候單燕平讓她應酬李凱中，就像她要服從天下娛樂的安排一樣，也不得不服從單燕平的安排。

傅華就說：「彤彤啊，我跟曲向波合作這件事不能說不重要，但是我不需要你為之犧牲，所以你不要顧慮什麼，想拒絕就拒絕吧。」

許彤彤說：「那傅哥，你不擔心這會影響到你跟曲向波的合作嗎？」

傅華灑脫地說：「影響又如何呢？如果這個合作是建立在這些不正當的交易上面，那這個合作基礎也是不穩固的，這個我也無法接受。彤彤啊，我那老同學說要找你們公司溝通，公司那邊你能擺得平嗎？不行的話，我可以跟黃易明說的。」

許彤彤笑笑說：「這倒沒必要，黃董跟我規劃過我的未來，公司對我的期望很大，他們想把我打造成一個巨星，因此不會為了一點蠅頭小利就讓我亂接戲的，我只是擔心會影響到你的事業。」

傅華聽了，說：「我的事業不會受什麼影響的，就算曲向波因為李凱中取消了跟我的合作，那麼好的項目也不會沒人要的，所以你想怎麼做，就怎麼去做吧。」

說話間，車子到了天下娛樂的門前，時間已經有點晚了，傅華看大門口沒有什麼人，就停下車子，笑說：「好了，彤彤啊，回去早點休息吧。」

許彤彤點點頭，拿起口罩和墨鏡準備下車，隨即她似乎又想到了什麼，轉頭看著傅華說：「誒，傅哥，我還有句話要跟你講。」

傅華看了一眼許彤彤，笑笑說：「什麼話啊？」

許彤彤湊近了傅華，說：「其實我媽說的話也不見得都是對的，比方說你，你幫了我那麼多，卻從沒想過從我這裏得到什麼，我感覺遇到你是我這輩子的幸運，這可是比天上掉餡餅還要好的事。」

傅華笑了起來，剛想說什麼話跟許彤彤客氣一下，沒想到許彤彤趁他沒注意，雙手攏過來捧住了他的臉，迅速的在他的唇上印了一吻。

傅華怔了一下，反應過來想要掙扎，許彤彤卻已經鬆開了他，看著他說：「傅哥，看你這個發愣的樣子，不會是想叫非禮吧？」

傅華笑說：「是有點，你這一吻對我來說有點太突然了，誒，彤彤啊，我跟你說……」

許彤彤立即阻止說：「好了，你不要說了，不就是我吻了一下你而已嘛，我這一吻是真心的。我知道你還不想接受我，但是我就是喜歡你啊，這對我來說就夠了。好了，我回去啦。」

傅華無奈地笑了笑說：「好，早點回去休息吧。」

許彤彤就下車回公司了，傅華則是調轉車頭去了馮葵家。

馮葵是夜貓子，還在電腦前處理公司的事。

傅華走過去從後面抱著她，吻了吻她白皙嫩滑的脖頸，深情地說：「小葵，別弄了，女人熬夜很容易老的，早點休息吧。」

「去，閃邊去！」馮葵輕輕推開傅華，聞了聞說：「你身上有股別的女人的香水味道，老實說，你是不是跟許彤彤那個小情人做了什麼啊？」

傅華趕忙解釋說：「哪有做什麼啊？就是進酒店的時候，她擔心被人認出來，就靠在我肩膀上，好遮擋別人的視線。」

馮葵帶著醋意說：「要擋住別人的視線恐怕要靠得很緊才行啊，一個香噴噴的大美人這麼緊緊地靠在你身上，你是不是很享受啊？」

傅華故意說：「是啊，我很享受，如醉如癡，可以了吧？我怎麼覺得你今天說話這麼酸呢？小葵，你不會是吃醋了吧？」

馮葵駁斥說：「別臭美了，我才不會為你吃醋呢，我只是覺得你出去風花雪月，我卻要在家裏獨守空房，心裏有些不平衡罷了。」

傅華聽了，再次擁住了馮葵，說：「好了，我這不是回來了嗎？大不了我好好陪陪你就是了。」

馮葵笑罵說：「這話說得很勉強啊，好像我很稀罕你似的。」

「是，我很稀罕你，這總可以了吧？」傅華說著，就在馮葵的脖頸上亂吻了起來，手也開始不老實的在馮葵身上游走起來。

「去，」馮葵打了傅華的手一下，膩笑說：「你別把無法撒在許彤彤身上的火撒到我身上來好不好啊？」

傅華的手卻並沒有因為被打就停下來，反而繼續加大攻勢，很快就攻佔了馮葵胸前那兩坨高地，開始肆意的蹂躪起來，嘴裏說道：「你個小壞蛋，我今天還就非把火撒到你身上不可了。」

傅華嘴沒閒著，含住了馮葵的耳垂輕輕的噬咬起來。馮葵馬上有些情動起來，卻不想立即束手就範，嗯哼著說：「哎呀，別來亂我了，我的事情還沒做完呢。」

傅華這時候卻已經是箭在弦上、不得不發的狀態了，他附在馮葵的耳邊說道：「好了，別弄了，我現在就想要你。」

馮葵抵抗不住地說：「好好，怕了你了，不過你得先去洗個澡，把你身上許彤彤的騷味洗掉了才可以。」

馮葵不提許彤彤還好，一提反而讓傅華更感到一種異樣的刺激，身體更加的膨脹了，此時一刻都不能等，就蠻橫地說：「不行，我現在就要。」說著就把馮葵給抱起來，進了臥室，然後像頭惡虎一樣撲了上去。

兩人迅速地緊緊貼合在一起，正進入如火如荼的境地時，馮葵床頭的電話突然響了起來，馮葵的身體為之一滯，傅華正在興頭上，哪肯停下來，便說：「別接，讓它響好了。」

馮葵側身看了一眼顯示的號碼，急急說道：「是我爸的電話，我必須要接，你趕緊起來。」

傅華耍無賴地說：「你要接就接吧，我可不起來。」

馮葵無奈地看了傅華一眼，說：「行，不過你不准出聲啊。」

傅華點點頭，馮葵拿起電話，說：「爸爸，這麼晚你打電話來幹什麼啊？」

一個男人渾厚的聲音從話筒那邊傳了過來，說：「很晚嗎，通常這時候你不是都沒睡嗎？」

男人的聲音讓傅華心中有一種近乎邪惡的興奮，他心中冷笑一聲，暗道：你不是不想讓你女兒嫁給我這種沒權沒勢的男人嗎，但此刻我正是佔有你女兒身心的男人。

傅華對這位從未謀面的男人很有些芥蒂，就是因為這個男人的存在，才讓他和馮葵的關係不敢浮出水面。如果馮葵不是馮家的人，他這時候可能已經娶她做老婆了。

這個男人的存在對他來說，意味著一道用權勢構築起來的壁壘，是他阻斷了他和馮葵能夠公開在一起，傅華對這個男人不覺產生了恨意，馮家很了不起嗎？你憑什麼阻止我和你的女兒在一起啊！

馮葵繼續跟父親的談話，但是傅華因為帶著對馮葵父親的恨意，便故意緩慢有力的動作了起來，馮葵一開始尚且還能忍受，克制著不讓自己講話的聲音有什麼異常，但隨著她的身體被傅華有力的帶動，在傅華身下像蛇一樣扭動著，忍不住叫了一聲。

馮葵使勁扭了傅華一把，想要制止他，不讓他這麼胡鬧下去。但傅華疼得咧了一下嘴，動作卻並沒有停下來，反而更加有力起來。馮葵有點惱了，想要推開傅華，傅華卻任性的牢牢地壓住她，不讓她推開自己。

馮葵看傅華陷入到一種癲狂的狀態，害怕繼續跟她父親講下去，會發出不堪入耳的聲音，趕忙對父親說：「爸爸，我有些睏了，我明天回家，有什麼話到時候再談吧。」

說完沒等她父親說什麼，就把電話給掛了。然後伸手又扭了傅華一把，嗔道：「你個壞蛋，存心的是吧？」

傅華邪笑說：「是的，我就是存心的。」然後更猛烈的撞擊起來。

此刻，他似乎感覺不是在撞擊馮葵，而是在撞擊馮葵父親所代表的那種牢不可破的權勢，他要撞破這股權勢構建的壁壘，只有撞破這個壁壘，才能讓他和馮葵獲得身與心的自由。

馮葵早就情動不已，也不再去責怪傅華，享受著傅華猛烈地的撞擊，美麗的眼眸似睜還閉，臉上泛起紅暈，呈現一種入骨的媚態。傅華的動作越發地猛烈起來，很快兩人都進入一種忘我的癲狂狀態中。

不知道過了多久，正當傅華耗盡體力要進入到睡眠狀態的時候，忽然感到耳朵一陣劇痛，睜開眼睛一看，原來是馮葵正用力扭著他的耳朵。

傅華不禁叫道：「很疼耶，小葵，趕緊住手。」

馮葵哼聲說：「我就不鬆手，你這傢伙有夠壞的，在我爸跟我打電話的時候那麼搞我，是不是想要害死我啊？」

傅華叫說：「很疼，小葵，快點鬆手吧。」

馮葵緊抓著不放說：「不行，今天你不給我解釋清楚，我不會鬆手的。說！你為什麼要那麼做？」

傅華賭氣說：「我那麼做是因為我對你父親很不滿，如果他能開明一點，我們本來可以公開的在一起的。」

聽傅華這麼說，馮葵呆怔了一下，鬆開了傅華的耳朵，看著傅華說：「你是不是對我們的現狀很不滿意啊？」

傅華氣說：「是啊，我是很不滿意，我們明明都是單身，又彼此喜歡對方，為什麼不可以在一起？要是我們能夠公開，今天晚上的宴會我就可以帶你去參加，你也不需要因為我身上有別的女人的香水味而吃醋了。」

馮葵問：「你就因為這個恨我父親？」

傅華說：「是啊，如果他不是存在著什麼門第之見的話，你也不至於因為怕他而只敢偷偷摸摸的跟我在一起了。小葵，你想過沒有，我們總不能一直都這個樣子吧？」

馮葵嘆了聲說：「這點我倒是真的想過，是啊，傅華，我們不可能老是這個樣子。好了，你起來穿上衣服吧。」

傅華突然有一種不妙的感覺，看著馮葵說：「小葵，你想做什麼？」

馮葵苦笑了一下，說：「你先穿好衣服，我有話要跟你說。」

傅華越發感覺不妙了，緊張地說：「小葵，你別這樣好不好，如果我做錯了什麼，我願意跟你道歉。」

馮葵正色說：「你先穿好衣服。」

傅華看馮葵堅持，只好下床去把衣服穿了起來，馮葵也穿上睡衣，走到傅華的身邊，張開雙臂說：「來，傅華，讓我們擁抱一下吧。」

傅華心情忐忑的把馮葵擁進懷裏，馮葵用力緊緊地抱住傅華，在傅華耳邊喃喃的說道：「傅華，你今天讓我感受到生平最大的一次愉悅，我很感激，也會把這次的美好記憶永遠銘刻在心底的。」

傅華已經明白馮葵是要做什麼了，苦笑說：「小葵，我怎麼感覺你這是在跟我告別啊？」

「是的，」馮葵正色說：「我是在跟你告別，從我們一認識的時候，我們就都很清楚我們是不可能真正結合的。」

「可是現在也沒有人逼著我們分開啊？」傅華不解地說。

馮葵這時鬆開了胳膊，離開了傅華的懷抱，衝著傅華淒然地說：「是的，是沒有人逼我們分開，但既然總有一天要分開，我覺得應該在我們感覺最美好的時候分開是最好的，這樣子我們給對方留下的都是美好的回憶；要是等到非分開不可的時候再分手，那無論是你離開我還是我離開你，我們總有一方會受到傷害，那時候留下的回憶就只有痛苦，而沒有美好了。」

傅華痛苦地說：「小葵，就因為我對你父親不滿，你就要跟我分開？」

馮葵搖搖頭，說：「其實你始終沒明白，我們不能公開的在一起，不僅僅是因為我的父親，更多是因為我不想這麼做。我不能給我爺爺丟臉。」

傅華退而求其次地說：「好，好，你不想公開那就不公開好了，我答應你，以後再也不跟你要求什麼公開的事了，你別跟我分手啊。」

馮葵卻態度堅決地說：「不行的，傅華，你已經對我們的現狀越來越不滿意了。即使你迫於分手的壓力願意接受這一切，那也不代表你心中的不滿就此消除了，這些不滿只會積壓在你心中，總有一天還是會爆發出來的。這又何必呢？我們當初可是講好了，緣起而聚，緣盡而散的。」

傅華看著神情堅決的馮葵，不能理解地說：「小葵，看來在你心中，馮家永遠是最重要的。我真不明白，馮家究竟有什麼好，值得讓你放下我們這段感情的啊？」

馮葵苦笑了一下，說：「傅華，這個你肯定不明白的，從我記事開始，我就為我爺爺感到驕傲，馮家給了我一切的榮耀，馮家的榮耀對我來說，是深入骨子裏的東西，我容不得任何人來褻瀆馮家。傅華，放手吧，我是不會因為你而放棄馮家的，我們還是好聚好散吧。」

傅華不捨地說：「如果我堅持不放手呢？」

馮葵絕決地說：「傅華，你別逼我跟你決裂，你現在離開，我們還是朋友，否則我們就連朋友都沒得做了。」

傅華知道他已經無法改變馮葵的心意了，便點點頭說：「好吧，小葵，既然這是你要的，我也只好同意。我走啦。」

傅華說著就轉身往外走，這時候的他，有一種分外的無力感，剛剛他還想著要撞破權勢的壁壘，此刻他才明白，權勢的壁壘依舊頑強的存在著，而他只不過是一個衝向風車的唐吉訶德般的小丑而已。

走到臥室門口，傅華忽然想到他身上還有馮葵家的鑰匙，就把鑰匙從鑰匙串上摘了下來，轉身要把鑰匙交給馮葵，卻看到馮葵淚流滿面地站在那裏。

傅華知道馮葵對他也是不捨的，以為還有機會挽回，就快步走向馮葵，想要去安慰她。沒想到馮葵嚷道：「你趕緊走，不要逼著我罵你啊。」

傅華瞭解馮葵的個性，這個女人不是那種會黏人的小女人，她雖然不捨這段感情，但是卻不後悔做出分手的決定。他知道他和馮葵的這段情到此算是徹底結束了，他長嘆一口氣，頭也不回的離開了馮葵的家。

出來之後，傅華上了自己的車，發動車子想要回家。這時他的手機響了起來。傅華愣了一下，他知道以馮葵倔強的個性是絕不會再打電話讓他回去的。那誰會在這個夜半三更的時候打電話給他啊？

傅華隨即笑了起來，他真是被馮葵給氣糊塗了，居然把那個無所不在的齊隆寶給忘了。

拿起手機一看，還真是齊隆寶那個沒有號碼的電話。他接通了電話，說：「姓齊的，你倒好興致啊，這麼晚還在外面聽牆根啊？」

齊隆寶笑說：「是啊，誰叫我命苦啊，沒有你這種剛跟一個女人在車裏親熱完，轉身又去上了另外一個女人的床的豔福啊。你可真夠風流快活的。不過，你這又是怎麼了，不會是被馮大小姐趕出來了吧？」

傅華冷笑說：「我是被趕出來了，不過姓齊的，這不關你什麼事吧？」

齊隆寶陰惻惻地說：「你被馮大小姐趕出來當然不關我的事了，不過，你這半夜三更的開車回家，可就關我的事了，你這是給了我一個除掉你的大好機會啊。你說，我現在讓你車毀人亡，馮大小姐會不會認為你是因為被她趕出去，傷心過度，導致精神恍惚才出的車禍啊？」

傅華不禁笑了一下，因為馮葵跟他分手，他心情十分的落寞，很多事情也就沒那麼在意了。

他突然覺得很多事都是上天安排好的，比方說，他不惜性命去救鄭莉和傅瑾，結果卻是換來鄭莉跟他的離婚；又比方說，他費這麼大的心力去搞熙海投資那兩個項目，想要證明給馮家看，他能配得上馮家的大小姐，然而還沒等到他做出成績，馮葵卻因為他對馮家的冒犯而跟他分手。

傅華便以一副豁出去的語氣說：「好吧，姓齊的，那你就抓住這個大好的機會來吧，我等著你就是了。」

齊隆寶反而愣了一下，說：「誒，傅華，難道你不怕死啊？」

傅華笑笑說：「我怕，但是我怕你就會放過我嗎？」

齊隆寶回說：「那自然是不會。」

傅華無所謂地說：「既然你不會放過我，那就別廢話了，趕緊來吧。」

齊隆寶懷疑地說：「傅華，你這不會是個圈套吧？」

傅華譏刺說：「姓齊的，你是不是個男人啊，要來取我性命就痛快點，黏黏糊糊的幹什麼。」

齊隆寶反而退縮了起來，說：「傅華，你別激我，我才不上你的當呢。

這一定是個圈套，要不然，你跟馮大小姐明明關係很好，她怎麼會半夜三更把你趕出來呢？你們這是挖坑給我跳啊。」

傅華失笑說：「姓齊的，你可別後悔啊，錯過這個機會，你再想來對付我，可就沒那麼容易了。」

齊隆寶哼了聲說：「我不用後悔，你早就是我囊中之物了，我要取你性命隨時都可以，不急在這一時。我掛了啊。」

齊隆寶就掛了電話，傅華在這邊卻是嚇出了一身冷汗，他跟齊隆寶說出那些話來，其實只是因為跟馮葵分手導致情緒激動而說的氣話。生命對他來說還是很珍貴的，幸好齊隆寶性格多疑，不然他今晚真是很危險。

第五章

神秘男友

余欣雁說：「傅董，我真是服了你了，
你還真是會輕描淡寫啊，什麼開玩笑的親了你一下，
報紙上可是說了，『清純女星許彤彤夜會神秘男友，
情難自禁在天下娛樂公司門前車震。』」
「車震？」傅華和湯曼同時驚訝的說。

傅華一路平安地回到自己家，看著冷冷清清的家，傅華哀嘆了一下，他現在可真是夠淒涼的，搞到又成孤家寡人了。

因為前面跟馮葵在一起已經耗盡了體力，一路開車回來精神又高度緊張，傅華的身體疲憊至極，也沒有精力再去自怨自艾，倒在床上就立馬睡著了，連個夢都沒做。

早上起床時，已經是上午十點多了，傅華苦笑了一下，往常他不管在外面應酬到多晚，早上到了上班時間，依舊會準時醒來，看來昨天他實在是太累了，不然也不會睡過頭的。

傅華感覺肚子很餓，就去開冰箱看裏面還有什麼可吃的，冰箱裏還有幾個雞蛋和幾袋速食麵，傅華就為自己下了一碗雞蛋麵吃了起來。

吃完，傅華發現自己並沒有因為馮葵跟他分手心裏就難過得不行，可能這早就是他預料中會發生的事吧，一旦事情真的發生了，反而沒有想像中的那麼難以接受了；再說，他還有很多事要處理，也沒有時間去沉湎於悲傷中。

吃完早餐，傅話就開車去駐京辦轉了下，看看沒什麼事，就讓王海波開車送他去胡瑜非那裏。

到了胡瑜非家，胡瑜非夫婦倆正準備吃飯，看到傅華來了，胡瑜非招呼說：「傅華，你來得正好，一起吃吧。」

傅華笑笑說：「我才剛吃過早飯呢，沒想到就到了午飯時間了。你們吃吧，我還不餓。」

胡瑜非說：「怎麼跟我還客氣啊，趕緊坐下來，不餓也吃點。」

傅華也就不客氣，坐了下來。

胡夫人看了看傅華，說：「誒，傅華，你離婚也有段時間了，有沒有新的女朋友啊？」

傅華心說：有倒是有，不過剛剛分手了！此時他根本沒心情討論這種事，就說：「沒有，最近事情太多，也顧不上這方面的事；再說，我都離過兩次婚了，對這些已經有點怕了，可能我不適合婚姻吧。」

胡瑜非在一旁說：「誒，傅華，你可不能這麼想啊，總不能離過兩次婚就要去當和尚了吧？老婆還是要找的。」

胡夫人接口說：「是啊，傅華，不能因為離過婚就對婚姻失去了信心。你胡叔跟我說讓我幫你留意，我認識的好女孩不少，不過我不知道你究竟喜歡什麼樣子的，現在你跟我說說你喜歡什麼樣的女孩，阿姨一定會幫你找個令你滿意的。」

傅華推辭說：「阿姨，我現在真的沒心情談這些事。胡叔很清楚我現在的處境，項目上的問題沒搞定之前，我是不方便去談這些兒女之事的。」

胡瑜非不禁看了傅華一眼，說：「不會是他又威脅你了吧？」

傅華點點頭，說：「是啊，不是這樣，我又怎麼會跑來找您啊？先吃飯吧，吃完飯我再跟您詳談。」

胡瑜非知道傅華這是不想在他太太面前談這些可怕的事情，就笑笑說：「行，吃完飯我們去書房談吧。」

兩人很快的吃完飯去了書房，坐下來後，胡瑜非趕緊問傅華：「昨天齊隆寶又對你做什麼了？」

傅華說：「我昨天有些大意，沒帶司機就出來了，就被齊隆寶給盯上，他威脅我，想給我製造一場車禍，讓我車毀人亡。但是那傢伙太過疑心病，被我真真假假的說了幾句，以為我一個人開車出來是圈套，結果沒敢下手。」

胡瑜非瞪了傅華一眼，責備說：「你怎麼這麼大意啊？你又不是不知道那混蛋的危險性。」

傅華抱歉說：「我以後會注意的。胡叔，齊隆寶的事，您跟楊叔說了沒有啊？」

胡瑜非說：「說是說了，也把你的想法跟他講了，但是志欣對此還是有些顧慮。」

傅華不禁叫說：「楊叔還有什麼顧慮呀，是不是要等我被齊隆寶弄死他就沒顧慮了？」

胡瑜非教訓說：「傅華，你別這麼情緒化，你現在說的這些大多都是臆測之詞，你總不能讓志欣憑著空口白話就去要求高層處理魏立鵬的兒子吧？這個志欣肯定是做不到的，要讓高層處置魏立鵬，必須要拿出齊隆寶跟楚歌辰有聯繫的確鑿證據。」

傅華嘆了口氣，說：「那是沒什麼希望了，齊隆寶就是做秘密工作的，做事都是謹慎再謹慎，絕不會留下什麼把柄給我們去抓的，我能查到他跟楚歌辰有聯繫已經算是萬幸了。」

胡瑜非打氣說：「也不能這麼說，除非他沒做過，只要是他做過的事，總會有蛛絲馬跡留下來的。你能不能再找找你那位提供出楚歌辰線索的朋友啊，看看他能不能拿出更有價值的證據來，或者讓他出面，在有關部門面前指證齊隆寶也行。」

傅華心想：說出楚歌辰已經讓喬玉甄冒著天大的危險了，我可不能去犧牲喬玉甄和女兒。傅華就搖搖頭說：「不可能的胡叔，我朋友知道的都已經告訴我了，現在局面還在齊隆寶的掌控中，我也不能讓我的朋友冒險出頭露面指證齊隆寶。我們還是再想別的辦法吧。」

海川市政府，市長辦公室。

姚巍山對坐在他對面的李衛高說：「李先生，這次真是要多謝你啊，要不是你，伊川集團可能就不會留在海川市了。」

李衛高說：「姚市長，您這回真是給我出了個大難題啊，原本按照您的指示，我對陸董把海川新區那塊地好一陣的吹噓，說那裏的風水是天上僅有地上絕無的，陸董還真是把我的話給聽進去了，認定了那塊地方，回過頭來您又讓我說服陸董重新選地方，這個彎繞得太大了，我差一點都繞不出來了啊。」

姚巍山知道李衛高說的是事實，陸伊川一聽說海川新區不肯接受這個項目，就感覺他被海川市這一幫人給冒犯了，十分不悅。陸伊川在內地，每到各處都是被當做貴賓來看待，很少有被打回票的時候，沒想到海川市居然不給面子，將他選好的風水寶地賣給他，這自然惹惱了他。

陸伊川當即對陪同考察的林蘇行說：「林副秘書長，看來海川是不歡迎我們伊川集團啊，既然海川市不歡迎我們，那我們到別的地方去好了，這麼大的投資項目，我就不信找不到落戶的地方。」

林蘇行自然不能讓陸伊川離開，如果陸伊川就這麼離開海川的話，他就更不好跟姚巍山交代了；他因為這件事已經受過姚巍山好一頓的埋怨，姚巍山嫌他當初提出要伊川集團落戶在海川新區是個餿主意，要不是他的餿點子，也不會今天有這種麻煩。

林蘇行趕忙陪笑說：「陸董，您千萬別生氣，不是我們海川市不歡迎您，而是您這個項目與海川新區的規劃設計不相符合，不過海川並不是只有一個新區可以讓您投資建廠，還有很多地方可以供您選擇啊。」

林蘇行說著，就看了眼一直陪在陸伊川身邊的李衛高。

李衛高早已得到姚巍山的授意，就轉圜說：「林副秘書長啊，別說陸董生氣，就連我也對你們感到很失望，你們就是這樣子做招商工作的嗎？海川新區不行為什麼不早說啊？」

李衛高故意批評林蘇行，好營造出跟陸伊川同仇敵愾的氣氛，接下來他再幫海川說話的時候，陸伊川就會比較容易接受了。

陸伊川生氣地說：「對啊，不行的話早說嘛，也省得李先生那麼辛苦的跟著我在新區拿著羅盤測來測去的，這不是耍弄人是什麼啊！」

林蘇行陪笑說：「對不起啊，陸董，這是我們市裏的工作失誤，我們只想到要把您留在海川，就忽略了新區規劃方面的要求了，從而給您和李先生造成了這些不必要的困擾。」

李衛高趁這時幫腔說：「陸董，我看副秘書長的道歉還算是誠懇，您是不是再考慮一下啊？」

陸伊川看了看李衛高，說：「李先生的意思是？」

李衛高賣弄玄虛地說：「根據我的測算，海川市所在的方位是最適合您建廠的方位，選好的那塊地呢，是最佳的建廠地方，不過，現在看那塊地有點不適合了，您在那個地方建廠如果跟周圍環境規劃有所衝突的話，就會有一種違和感。您是知道的，做生意嘛，講究和氣生財，如果強要把工廠建在一個磁場不和的地方，對您和伊川集團都沒什麼好處的。」

陸伊川點點頭，受教地說：「這倒是很有道理，李先生，您看我應該怎麼辦呢？」

李衛高指點說：「陸董啊，海川所在的方位正是您旺財的方位，所以我當初才會直接就帶您來海川，如果離開海川，方位有了改變，恐怕對您就不是那麼合適了，所以我認為您還是留在海川比較好。我們可以再看看海川還有沒有別的地方適合您建廠的。當然，這是我個人的看法，您如果堅持要離開，那我也不能阻攔的。」

陸伊川聽了說：「我對李先生向來是信服的，你既然這麼說，那我們就重新在海川市看看吧。」

就這樣子，林蘇行又陪著陸伊川和李衛高重新在海川各地做了考察，最後李衛高幫陸伊川在海川下屬的縣級市龍門市的開發區選到一塊地方。李衛高跟陸伊川說，選在這地方建廠，伊川集團一定會鯉躍龍門，更上一層樓。

龍門市對伊川集團要落戶他們的開發區喜出望外，不但答應陸伊川，龍門市政府會對伊川集團加大稅收減免力度，也會簡化程序，全程包辦伊川集團在龍門市建廠的一切手續。

陸伊川看龍門市開發區的風水也不差，同時龍門市政府對他的態度相當友好，也就同意冷鍍工廠建在龍門市開發區了。

對姚巍山來說，能把伊川集團留在海川的最大功臣，自然是李衛高了，要不是李衛高使出三寸不爛之舌，改變了陸伊川的想法，恐怕伊川集團真的是會放棄海川，到別的地方選址建廠了。真是那樣的話，他對孫守義就不好交差了。

姚巍山此時對李衛高是真心感謝，同時更佩服李衛高扭轉局面的能力，由衷地說：「李先生最終不還是從容的把事情解決了嘛，對這一點，我是真心佩服啊。」

「這是您拜託我的事，我自然絞盡腦汁也要把它解決掉啊。不過，您以後最好不要再給我出這種難題了，我不能老是這麼變來變去的，不然的話，我在那些商人面前就會失去信服力了。」李衛高語帶牢騷地說。

姚巍山趕緊保證說：「不會了，其實我這次是被那個胡俊森給繞進去了，沒想到這傢伙這麼陰險，居然想到利用你和我的關係來陰我這一招，搞得孫守義現在也對我有了看法。」

李衛高卻搖頭說：「姚市長啊，你如果把這筆賬都算在胡俊森頭上可就錯了，依我看胡俊森沒這麼聰明，恐怕是背後有高人在指點他的。」

「你這麼說提醒我了，」姚巍山大表贊同說：「是啊，胡俊森這個人的性子很直，很少跟人玩這種花招，咦，你是說這件事是傅華在背後給胡俊森出的主意？」

李衛高挑撥說：「是啊，不是他又會是誰呢？你還記得傅華是怎麼耍弄那個尹章的嗎？你想想，為什麼明知道海川有求於尹章，傅華卻為了一個首次見面的女人絲毫不克制自己，去激怒尹章呢？」

姚巍山順口回說：「那當然是因為傅華早就知道他有辦法降服尹章。」

李衛高一拍手掌說：「對啊，他早就知道他可以降服尹章，卻故意不講出來，反而去激怒尹章，讓尹章出醜，這份心機是不是有夠重的啊？就衝著這份心機，不是他給胡俊森出的主意來陰您又會是誰呢？」

姚巍山忿忿地點了一下頭，說：「哼，一定是這傢伙了。說起來，這傢伙現在是越來越不把我這個市長放在眼中了，上次林蘇行不過是講了幾句關於駐京辦的話，還沒說他什麼壞話呢，這傢伙就找到我，指桑罵槐的說了一大通有的沒的。搞得我差點下不來台。也不知道這傢伙中了什麼邪了，處處跟我作對，我真想找個什麼辦法把他給處理掉。」

李衛高勸阻說：「這傢伙現在勢頭正旺呢，您最好還是不要去惹他比較好。這些帳先記著吧，等有機會的時候再跟他清算好了，我們現在還有更重要的事要處理呢。誒，這是陸伊川讓我轉交給您的，感謝您這次在他選址建廠以及稅收減免方面提供的幫助。」

李衛高說著，將隨身帶來的一個手提包放到了姚巍山的面前。

姚巍山打開提包看了一眼，裏面整整齊齊放著一匝一匝的美金，就笑了一下，說：「看來這個陸伊川還挺懂在這邊做生意的規矩啊。」

說著，就將手提包鎖進辦公桌下面的櫃子裏，然後說：「李先生，你替我跟陸董說聲合作愉快吧。」

李衛高笑笑說：「行，我會跟他說的。還有一件事，姚市長，他可能還需要您提供一些幫助。」

姚巍山爽快地說：「說吧，他需要什麼幫助，只要我能夠做到，一定會盡力的。」

李衛高說：「眼下市場對冷鍍板材的需求量相當大，而國內的幾家冷鍍工廠生產能力有限，無法滿足供應，伊川集團這次就是準備抓住這個大好機會，擴大產能規模，以滿足市場需求，因此在海川建造的冷鍍工廠投資規模很大，光一期工程就需要四十億的資金。」

姚巍山聽了，說：「這是好事啊，對海川來說，規模越大越好，你跟陸伊川說，規模越大，海川市政府對他的支持力度就會越大的。」

「他也想啊，但是陸董光應付這四十億的資金都有些困難了。目前伊川集團能夠從其他項目當中抽調過來的資金還不到這四十億資金的一半，剩餘的資金就需要從其他的融資管道去解決了。姚市長，他需要您幫忙的就在這上面，他讓我問您，能不能協助伊川集團從銀行貸出一部分款來。」李衛高婉轉地說。

「貸款啊，」姚巍山的眉頭皺了起來，為難地說：「李先生啊，可能你不太瞭解現在政府和銀行之間的關係，現在的銀行大部分都是由他們的上級銀行管理，行長也要對上級銀行負責，地方政府能夠管到他們的地方實在是有限，恐怕這個忙不太好幫啊。」

李衛高聽了說：「這我知道啊，但是有一點您別忘了，銀行就是再不受地方政府的制約，也是要把營業機構設置在地方政府的管轄區域內的，就憑這一點，銀行總要對地方政府禮敬三分吧？」

姚巍山委婉地說：「禮敬三分是禮敬三分，但是那更多的只是面子上的事，等到真正要他們支持地方上的貸款需求的時候，銀行那些傢伙就不是這麼回事了。所以李先生，我也想幫伊川集團，但是就怕心有餘而力不足啊。」

李衛高吹捧說：「這個我想您一定有辦法解決的，至於給您的好處您放心好了，陸伊川是懂規矩的人，會每筆貸款都會按照比例提成給您的。」

姚巍山的眼睛立馬亮了起來，馬上就有些心動了，伊川集團需要的貸款最少要二十億，就算是陸伊川給的提成再低，這二十億的貸款算下來也是個不菲的數字啊。

姚巍山便趕忙表態說：「李先生，提成不提成的就不要說了，伊川集團來海川投資建廠也是為了發展海川經濟，我這個當市長的自然該為他們多想想辦法。好吧，我會幫他們跟銀行協調一下，但成不成我就不好說啦。」

李衛高說：「只要您能出面幫他們協調，他們就很感激了。」

姚巍山笑說：「行，我會儘快幫他們協調的。」

兩人的談話到此結束，李衛高因為在乾宇市還有事要處理，也沒留下來跟姚巍山吃飯就離開了。

李衛高離開後，姚巍山就去了孫守義那裏。

孫守義正在看文件，看到姚巍山來了，點點頭說：「老姚，找我有事啊？」

姚巍山報告說：「我想向您彙報一下伊川集團在海川投資的情況。經過同志們的努力，伊川集團最終確定把冷鍍工廠建在海川，選在龍門市開發區。據說伊川集團的投資規模很大，第一期就有四十億之多，龍門市這次算是撿著了，我也總算可以對您有個交代了。」

孫守義心想，第一期投資規模四十億，在海川算是筆很大的投資項目了，要是在以前，他肯定會關注這個項目，甚至會找理由將項目從姚巍山手中拿過來，親自主導；但一方面因為傅華的提醒，讓孫守義覺得姚巍山、李衛高這些人都不太靠譜；加上他知道姚巍山肯定不希望他染指這個項目，因此孫守義覺得還是跟這個項目保持距離的好。

孫守義就說道：「老姚啊，不要這麼講，什麼叫可以跟我交代了？伊川集團這個項目屬於經濟方面的事務，屬於市政府管理的範疇，要交代也是跟你這個市長自己交代啊。好了，這個項目既然落戶在海川，你這個市長就把它管好吧。」

姚巍山對孫守義的態度很滿意，孫守義不插手這個項目，也沒有表現出太多干預這個項目的意思，這正是他所期待的，這樣項目就完全在他的控制之下，不但功勞是他的，而且也可以獨吞陸伊川給的好處。

不過，好處姚巍山想獨吞，事情卻不想一個人去做，接著說：「我會遵照您的指示，協助伊川集團管理好這個項目的。不過有一件事，還需要您的幫助。」

孫守義看了姚巍山一眼，心裏有了警覺，姚巍山到海川之後，要他幫忙的都沒什麼好事，不是想要把一些棘手的事推給他處理，就是想利用他打擊對手。好幾次他都中了姚巍山的圈套，對這樣一個精於算計的傢伙，他不能不有所警惕。

孫守義就問：「什麼事啊？」

姚巍山說：「伊川集團說他們第一期的投資額巨大，部分資金需要從銀行進行融資，因此希望海川市能夠幫他協調一下跟銀行間的關係，幫他們從銀行貸一部分款項出來。我是想幫他們這個忙的，但是我跟市裏面幾大銀行的頭頭都不是很熟，於是就想到您了，您在海川待的時間比我長，肯定跟幾大銀行行長的關係比我更密切一些，您看您能不能出面幫伊川集團跟銀行協調一下啊。」

孫守義心想：我就知道你找我幫忙準沒好事，現在的銀行哪是那麼好支使的？再說，我對伊川集團的情況又不熟悉，他們到時候能不能還清貸款我也不知道，我可不能幫你出面擔這個責任。

孫守義就說：「老姚啊，這件事我恐怕是無能為力。你可能不知道，我做市長的時候曾經幫忙協調過幾筆貸款，但是最後這幾筆款項都沒能如期歸還，搞得幾大銀行的行長對我是一肚子意見，因此我無法再幫伊川集團開這個口。實話說，我也不建議市政府出面幫伊川集團這個忙，對來投資的企業，行政方面我們可以提供協助，稅收我們也可以適當的減免，但是貸款是企業自身的行為，政府還是儘量少插手比較好。」

姚巍山心裏對孫守義的說法大大不以為然，心想：如果不出面幫伊川集團貸款，那些好處陸伊川又怎麼會給我啊！

姚巍山便說：「孫書記，這一點我恐怕就無法苟同了，企業來海川投資也是為了發展海川市的經濟，他們遇到困難的時候，政府如果不出手相助的話，會讓他們感到心寒的。崑山那裏之所以會成為台商投資的集結地，很大程度上就是因為那裏對台商提供了很好的投資服務，據說台商二十四小時都能打通崑山市長的電話，台商更是把那裏的市長稱作是可以為他們端洗腳水的人。」

孫守義含蓄地說：「老姚啊，服務好投資商是一方面，參與他們的經營活動則是另外一方面。」

姚巍山辯解說：「我只是想幫他們協調貸款而已，並不是具體參與到他們的經營活動當中去啊。」

孫守義不禁看了姚巍山一眼，姚巍山堅持的態度說明姚巍山是想要幫伊川集團這個忙的，雖然不排除姚巍山這麼做是想做大政績，但是更大的可能是姚巍山從伊川集團那裏獲得了某種好處。

孫守義想起傅華說的，圍在伊川集團身邊的這些人都是想獲取某種利益的傢伙，心裏不禁暗自搖頭，人為食死，鳥為蟲亡，看來他是無法阻止姚巍山這麼做了，就說：「老姚，我只是一個建議而已，這些事是市政府的管轄範圍，你就自己拿主意好了。」

中午，北京。中衡建工的管理人員餐廳。

餐廳提供的是自助餐，傅華和湯曼正拿著餐盤在餐台那裏選食物。

整個上午，他們兩人帶著熙海投資的項目人員在中衡建工的會議室，跟余欣雁所帶領的一組人馬進行合作細節方面的談判。

因為要敲定的細節很多，到中午談判還沒結束，傅華和湯曼一群人受余欣雁的邀請，就留在中衡建工的餐廳吃午飯了。

端著餐盤的湯曼看著餐臺上擺得滿滿的一盤盤菜肴，對傅華說：「傅哥，回頭你讓駐京辦的餐廳工作人員過來取取經，你看人家的自助餐做得多豐盛啊！」

傅華笑說：「這經不用取，有錢就能做到，中衡建工是中字頭的大公司，福利待遇好著呢。我們海川駐京辦哪有人家那麼財大氣粗啊？小曼，你如果羨慕的話，要不回頭和余助理商量一下，讓她安排你進中衡建工工作好了。」

「好啊，」余欣雁這時從旁邊走了過來，正好聽到傅華說的話，便笑著答應說：「我們中衡建工十分歡迎像湯小姐這麼有能力的人才加入的。」

余欣雁又轉頭看了看傅華，說：「只是不知道傅董你捨得讓她走嗎？」

傅華笑笑說：「當然捨不得，我還指望她給熙海投資撐場面呢。」

余欣雁聽了笑說：「我看也是，湯小姐在今天的談判中可是展現了很高的專業水準和談判技巧，這麼優秀的人才，又這麼漂亮，有她幫你，傅董真是很幸運啊。」

湯曼謙虛地說：「余助理這是在笑話我吧，今天上午的談判，很多地方你可是逼著我們熙海投資不得不做出很大的讓步，我看倪董讓你來負責熙海投資這個項目，才真是知人善任。」

傅華附和說：「是啊，余助理，我們來中衡建工總是客人，能不能拜託你在下午的談判中高抬貴手，不要讓我們輸得那麼難看啊？」

余欣雁揮揮手說：「你們兩個這麼一唱一和的，好像中衡建工真的占了熙海投資多大的便宜呢。」

傅華反問說：「沒有嗎？那我為什麼感覺到一種很強的被剝削感呢？」

余欣雁挖苦說：「傅董真是會開玩笑啊，熙海投資一分錢不拿，就讓我們同意幫你把這兩個項目建起來，你們才是占了多大的便宜呢，居然還說什麼感覺到很強的被剝削感，你真是得了便宜還賣乖啊。」

湯曼回嘴說：「余助理，話可不能這麼說，熙海投資最終還是要付清工程款的，而且不但要付工程款，還要多支付利息補償金，怎麼能說熙海投資一分錢都沒拿出來呢？」

余欣雁搖頭說：「好了，湯小姐，我們的爭論到此為止吧。現在是午餐時間，我們不要把談判桌上的硝煙帶到餐桌上來好不好，那樣會消化不良的。」

湯曼順勢說：「這倒也是，好，我們休戰，先吃飯吧。」

三人就帶著各自選好的食物到餐桌上坐了下來。

吃了幾口之後，余欣雁抬突然看了看傅華，說：「傅董，有件事我想問你，你是不是認識一個女明星叫許彤彤的啊？」

傅華略微愣了一下，不知道余欣雁突然問起許彤彤是什麼意思，這似乎與他們的談判並沒什麼關聯啊？他笑了笑說：「想不到余助理也挺八卦的，連我認識誰都想要打聽啊？」

余欣雁說：「我只是有些好奇罷了。誒，你還沒說你究竟認不認識她呢？」

湯曼在一旁聽了，說：「余助理，你問這個幹什麼啊？如果你說的這個許彤彤是天下娛樂的簽約藝人，那傅哥還真是認識。」

「還真的是你啊。」聽湯曼確認了傅華的確認識許彤彤，余欣雁不禁評論說：「想不到原來傅董是這麼風流的一個人啊。」

傅華大惑不解地說：「余助理，我跟許彤彤只是朋友，並沒有其他的關係，我不明白你為什麼會這麼說我？」

余欣雁嘲諷說：「傅董，我不知道你原來是這麼不負責任的人，那種事情都做出來了，還說只是朋友，那你對朋友的定義是不是也太廣泛了一點?!」

傅華被余欣雁說得越發糊塗了，看著余欣雁說：「余助理，我真的不明白你在說些什麼，什麼叫那種事情都做出來了，我到底是做了什麼啊？」

湯曼也疑惑的問道：「是啊，余助理，你能不能把話說清楚一點，傅哥究竟做了什麼了？」

余欣雁笑說：「怎麼，湯小姐沒看今天報紙的娛樂版頭條嗎？」

湯曼搖搖頭說：「沒有，我和傅哥今天一上班就來你們中衡建工了，還沒來得及看今天的報紙呢。」

余欣雁說：「難怪你不知道，不過傅董說不知道就有些裝佯了吧？你跟許彤彤兩人做了什麼，難道自己心裏不清楚嗎？」

傅華聽余欣雁說到娛樂版的頭條，立時有些不妙的感覺，雖然他沒看報紙，但是隱約已經猜到可能是那晚他送許彤彤回公司的時候，被許彤彤親了一下的鏡頭被人拍了下來。現今的狗仔隊無處不在，那晚停車的時候，他明明看了四周，並沒有發現任何可疑的人物，沒想到還是被拍到了。

不過傅華自問他並沒有做什麼虧心事，就理直氣壯地說：「哦，我知道余助理說的是什麼事了。小曼，你還記得那天晚上我去跟平鴻保險的曲向波吃飯的事嗎？那次吃飯許彤彤也去了，晚上我送她回去的時候，她開玩笑地親了我一下，沒想到竟然被狗仔隊給拍了下來。」

余欣雁卻駁斥說：「傅董，我真是服了你了，你還真是會輕描淡寫啊，什麼開玩笑的親了你一下，報紙上可是說了，『清純女星許彤彤夜會神秘男友，情難自禁在天下娛樂公司門前車震。』」

「車震？」傅華和湯曼同時驚訝的說。

「對啊，」余欣雁點點頭說：「報紙上就是這麼講的啊，我為什麼要問傅董認不認識許彤彤，就是因為我看報紙上照片裏的那輛車很像是傅董的車，那個人的臉也很像傅董。」

傅華這時注意到湯曼的臉色變得有些不自然，心裏不禁有些不安，湯曼之所以會來熙海投資幫他，是因為湯曼對他另有情愫，報紙這麼報導，就意味著他在私下裏跟別的女人廝混。雖然傅華一直拿湯曼妹妹看，但是他也不想讓湯曼因為他而受到傷害，尤其是車震這種根本沒發生過的事。

傅華不悅的看了余欣雁一眼，雖然余欣雁講的是報紙上報導的內容，但是她選擇在湯曼面前講這件事，讓傅華覺得她是別有用心。

傅華就說：「現在的報紙真是語不驚人死不休，我這麼保守的人，居然也會被說成是玩車震的前衛人物了，真是滑稽。」

「你很保守嗎？」余欣雁忍不住笑了出來，說：「我可是在網上搜過你的資料，發現跟你名字聯繫在一起的都是些名媛閨秀、香艷照片什麼的，傅董的情史可真夠豐富的啊。」

余欣雁提到艷照，湯曼的臉色越發的不自然了，當時兩人被方晶設計，被偷拍了許多不雅的照片，這一直是湯曼很不堪的回憶。傅華看湯曼這個樣子，心裏愈發的愧疚難受。

果然，湯曼勉強吃了幾口飯，便放下筷子，說：「余助理，傅哥，你們慢慢吃，我先去會議室了。」說完，就站起來離開了餐廳。

傅華瞪了余欣雁一眼，不滿地說：「余小姐，你真是有夠無聊的。」

余欣雁冷笑一聲，說：「你才無聊呢，我是看不慣你明知湯曼對你的情意，還去風花雪月，你這是玩弄湯曼的感情你知道嗎？真是個人渣。」

傅華真有些哭笑不得的感覺，原來余欣雁這麼做居然是為湯曼打抱不平。不過傅華此刻沒心情去跟余欣雁解釋什麼，他還急著想去看看湯曼怎麼樣了，就撂下一句「你知道什麼啊就瞎攪和」，便站起來去追湯曼了。

第六章

貪腐分子

陳昌榮猜測說：
「姚市長的意思，是不是發現了什麼貪腐分子啊？
如果您有什麼貪腐分子的線索，可以提供給我，
我們紀委一定嚴肅查處的。」
姚巍山說：「不知道您這裏收到沒有一些關於
市裏各大銀行行長的舉報信啊？」

到了會議室，湯曼正坐在位置上發呆呢，傅華走過去坐到她的身邊，安撫說：「小曼，事情不是報紙上報導的那樣……」

「好了，傅哥，」湯曼勉強的笑了一下，說：「你不用跟我解釋了，我們認識這麼久，你是什麼樣的人我知道，你是做不出車震那種事的，我相信那篇報導是瞎說的。」

傅華還想說些什麼，可是這時熙海投資和中衡建工的人吃完飯陸續回到會議室，他也不好再說什麼了。

下午，雙方的工作人員繼續談判。湯曼在談判中雖然依舊很犀利，但是整個下午臉色都很難看，偶爾笑一下，笑得也很勉強。

談判一直到晚上九點多鐘才結束，本來傅華想在下班時間先暫停下來，未談完的部分第二天再談，但是湯曼和余欣雁都認為該談的已經談得七八成了，剩下的部分不多，沒必要再拖到第二天去，不如一天搞定，於是繼續談了下去。

就這樣，搞到九點多鐘才算把要談的事給談完，雙方都已經有些精疲力盡，余欣雁就說：「傅董，今天時間已經有些晚了，大家都又累又餓，你看今天是不是就這樣吧？」

傅華點了一下頭，說：「行，那就這樣吧，不過協議的正式文本怎麼辦？」

余欣雁說：「明天我會打好協議的正式文本，然後送交傅董審閱，你看可以嗎？」

傅華說：「可以，那今天就這樣吧。」

從中衡建工出來之後，傅華招呼湯曼和參與談判的人員一起去吃飯，湯曼卻推說她談了一天有點累了，想早點回去休息，不去吃飯了。傅華知道湯曼是對他和許彤彤的事心中仍有芥蒂，就安排公司的人先去吃飯，說要送湯曼回家。

湯曼疲憊地推拒說：「傅哥，不用了，我自己回去就可以了。」

傅華緊持說：「你這麼累我不放心，再說，我也有些話想跟你說，走吧，我送你回去。」

湯曼便沒再堅持，上了傅華的車。

上車後，湯曼疲憊的靠在座椅上，傅華看了抱歉地說：「小曼，讓你跟著我受累了，湯少如果看到你這個樣子，一定會怪我不知道愛惜屬下的。」

湯曼笑笑說：「沒事的傅哥，工作哪有不累的，我在我哥的公司忙起來的時候，比這還累呢。」

傅華有些話想跟湯曼說，但車上還有一個司機王海波，有些話就不好說了，就說：「小曼，你真的不餓嗎？我可是有點餓了，要不你陪我簡單的吃點東西再回家？」

湯曼摸了摸肚子，說：「叫你這麼一說，我還真是有點餓了，好吧，我們就找個地方隨便吃點好了。」

傅華就在附近找了一家乾淨的小餐館，要了一個包廂，王海波因為沒參與談判，在等他們的時候就已經吃過飯了，所以就在車裏等著。傅華和湯曼點了幾樣看起來可口的菜肴，兩人開始吃了起來。

吃了一會兒，傅華看了看湯曼，說：「小曼，不知不覺我們好像已經認識好幾年了啊。」

湯曼笑了一下，說：「是啊，想想我們認識還真是有段時間了。」

傅華又說：「這段時間當中，我發生的很多事你都知道的，可以這麼說吧，我現在的生活算是支離破碎，混亂不堪。中午，余欣雁說我是個人渣，其實想想，我確實算是夠失敗了，已經有過兩次失敗的婚姻，很多事情也處理得一塌糊塗，我這樣的男人是不值得讓你還有什麼期待的。」

湯曼凝視著傅華，沉吟了一會兒，說：「傅哥，如果你這麼說是因為在擔心我為許彤彤的事在生氣，那就沒必要了。我知道你跟她沒什麼的，只是中午余欣雁說的時候，我心裏有些彆扭罷了，現在已經沒事了。」

傅華搖搖頭說：「小曼，你應該知道我這麼說並不是因為許彤彤，而是因為擔心你，我一直拿你當妹妹看待，我不想你因為我而受到什麼傷害。」

湯曼故作瀟灑地說：「好了傅哥，你不要一再跟我強調這點好嗎？我知道我在做什麼，我來你這兒工作，只是想換個環境，並沒有什麼其他的想法，我現在想的只是希望熙海投資這兩個項目在我們的努力下能夠建成，到時候看到拔地而起的高樓，我一定會很自豪的。」

傅華並不相信湯曼的說法，但湯曼故作堅強，他也不好再談下去，就笑笑說：「是啊，我們現在做的確實是一件令人自豪的事。不過小曼，事業要發展，感情的事也不能放棄啊，你這個年紀該找個正式的男朋友了吧？」

湯曼強笑說：「你還說我呢，你跟小莉姐分開也有些日子了吧，是不是也該找個女朋友啊？那個許彤彤其實很不錯的，她既然對你有意，索性你就要了她算了。」

傅華搖頭說：「別開我玩笑了，人家是明星耶，我這麼渣的一個人，怎麼配得上人家啊？」

湯曼說：「傅哥，你別妄自菲薄好不好？你現在掌控著熙海投資這家資產過億的公司，怎麼說也是億萬富豪了，配一個小明星是綽綽有餘的。」

傅華感嘆說：「小曼，你就別損我了，什麼億萬富豪啊，我現在窮得叮噹響，成天都在四處化緣，遭人白眼。」

湯曼笑了起來，說：「你豈止是遭人白眼啊，還被人罵作是人渣呢。話說這個余欣雁也是太過分了，再怎麼說，你也是熙海投資的董事長，她不過是中衡建工董事長的助理而已，有什麼資格罵你是人渣啊。」

「小曼，你可別這麼說她，她其實是在為你抱不平呢，她是覺得我在玩弄你的感情，所以才會這麼說我的。」傅華說出原委。

湯曼聽了，恍然大悟說：「原來是這麼回事啊，我還以為她中午吃飯時說你跟許彤彤車震的事，是想故意挑撥我和你的感情呢。說起來這女人也是多事，什麼都不知道還胡亂攪和！」

傅華打圓場說：「好了，你也別怪她了，她也是一番好意嘛。」

兩人吃完飯，傅華就送湯曼回家。

看著湯曼進了家門，傅華不禁苦笑了一下，他今天找湯曼談話，原本是想讓湯曼離開熙海投資的，湯曼其實並不需要這份工作，就算要工作，外面也有大把的機會等著她，她堅持來熙海投資，主要的原因還是想留在他身邊。但是他終究沒把要湯曼離開熙海投資的話給說出來，那樣有點太殘忍了。看來只能讓湯曼在工作上多承擔一些責任，好分散她的注意力；也許在工作中她會接觸到別的異性朋友，就自動把他給忘了。

傅華正在車裏想著湯曼的事，他的手機響了起來，看看是許彤彤的號碼，知道許彤彤打來一定是為了報導的事，就接通電話，說：「彤彤，你看了報紙吧？」

許彤彤說：「是的，傅哥，報紙我看了，公司也知道了這件事。」

傅華關切的說：「沒給你造成什麼麻煩吧？」

許彤彤笑說：「沒事的傅哥，公司雖然罵了我一通，不過這不會給我造成什麼太大的影響，所以你就不用擔心了。」

傅華笑笑說：「那就好。」

許彤彤接著說：「不過傅哥，公司把這件事跟黃董作了報告，黃董跟我通了電話，他的意思是公司對這件事既不承認也不否認，如果有記者追問，就說無可奉告，也讓我跟你說一聲，如果有什麼記者追到你那裏，拜託你就跟他們說這件事與你無關，是他們認錯人了。」

裝不知道是明星應對媒體的一種方法，很多明星都已經被媒體抓了個現行，但是出來開記者會或接受採訪的時候，還是信誓旦旦的說沒有這回事。傅華便說：「不就是全盤否認嗎，這我可以做到。黃董還有別的要交代的嗎？」

許彤彤說：「還有一件事，黃董說他後天會到北京，想跟你和葵姐聚一聚，讓我先跟你們說一聲，那天晚上別安排別的活動。」

傅華愣了一下，這是他跟馮葵分手後第一次有人在他面前提起馮葵來，而且還讓他和馮葵一起出來吃飯。如果他去的話，一定會跟馮葵碰到面，他能夠在馮葵面前做到從容自如嗎？

傅華的心有些隱隱作痛，人生就是這麼無奈，幾天前他們還是一對恩愛的情侶，現在兩人卻已勞燕分飛了。

傅華問：「彤彤，這件事你跟你葵姐說過沒有啊？」

傅華這麼問的意思是想知道馮葵對這件事情的態度，黃易明在他跟喬玉甄見面的事情上幫了很大的忙，他不去見黃易明似乎有些不太禮貌，因此如果馮葵知道他也會去而推辭不去的話，他就會答應去見黃易明。

許彤彤回說：「還沒呢傅哥，我先打電話給你，回頭就由你跟葵姐說一聲吧。」

傅華心想，我現在打電話給馮葵，她接不接都很難說；同時，傅華覺得既然許彤彤還不知道馮葵的態度，那他還是不去的好，以免兩人到時候見面尷尬。

傅華便說：「彤彤啊，我剛剛想起來，我後天晚上已經約了人，可能無法赴黃董的約了。你幫我跟黃董說聲抱歉，說我會在大後天晚上設宴為他洗塵。」

許彤彤哦了一聲，說：「好吧，我會把你的話轉告黃董的。」

傅華接著說：「至於你葵姐那邊，我跟她也有段時間沒聯絡了，所以黃董的邀請還是你自己跟她說吧。」

許彤彤愣了一下，感覺到了一點異樣，說：「傅哥，你跟葵姐沒事吧？你跟她關係那麼好，我還以為這件事你順便跟她講就行了。」

傅華乾笑說：「我跟她沒事啊，只是我既然不能赴黃董的約，再轉告她這件事就不太合適了，還是你跟她說吧。」

許彤彤哦了聲，說：「好吧，既然你這麼說，那就我通知她好了。」

第二天上班，傅華先找了昨天報紙的娛樂版，看看他和許彤彤那篇所謂車震的報導。報導的內容基本上跟余欣雁所說的一致，傅華想看的是記者拍到的照片，看記者究竟拍到了什麼。

報導裏附了兩張照片，一張是傅華在天下娛樂門前停車的時候，記者從車前照到他和許彤彤坐在車裏的照片；另一張是許彤彤在車裏趁他不注意親他臉頰的照片。

因為是在深夜，照片裏的人有些模糊。傅華倒也不擔心會被記者追上門來，他在北京算不上什麼名人，估計沒有記者能夠從這幾張照片上認出他是誰來。傅華感覺這樣的照片應該只有熟悉他的人才會認得出是他和他的車來。想不到他和余欣雁打交道的時間雖然不長，卻對他的車和人有這麼深刻的印象。

上午九點，余欣雁帶著昨天經過談判所確定的合約正本來到了駐京辦，傅華就打電話讓湯曼過來他的辦公室，讓湯曼看看這份合約。

幾分鐘後，湯曼過來了。

經過一夜的休息，湯曼又恢復了往日充滿青春朝氣的樣子。一看到余欣雁，便招呼說：「余助理來了。」

余欣雁點點頭說：「我把雙方談好的合約文本帶來了，你看一下吧，看看有沒有什麼錯漏的地方。」

傅華也說：「是啊，小曼，你好好看一下，這些條款可都是你一條一條談下來的，你應該是最熟悉的。」

湯曼笑說：「行啊，傅哥，我會好好看的。不過我需要拿回去對照一下我昨天的記錄，余助理不介意等一會兒吧？」

余欣雁說：「當然可以，我不介意等一下的，你拿回去看吧，若是你覺得有什麼錯漏的地方就標記出來，然後我們再來看看要如何修正。」

湯曼就帶著合約回去自己的辦公室，余欣雁忍不住看了一眼傅華，說：「傅董，我真是服了你了，真是好手段啊，這麼快就把湯小姐給哄好了。」

傅華反問說：「余助理，你為什麼一定要把我想得那麼壞呢？我以前是有些事情做得不好，但是也不至於讓你對我這麼有成見吧？」

余欣雁諷刺地說：「傅董，你還真是自我感覺良好啊，我對你會有什麼成見啊？我對你一點感覺都沒有，又怎麼會有成見呢？我只是為湯小姐抱不平而已。」

傅華笑說：「抱不平？余助理，我想你是誤會了，我跟小曼的關係不是像你想的那樣。我知道她對我有好感，但是我對她卻沒有那種想法，而且我的經歷太過複雜，我也覺得配不上她，所以我一直在回避著她。」

余欣雁好笑地說：「回避，把她放在你身邊就是你說的回避嗎？我看你是很享受這一切，卻不想負上什麼責任吧？」

傅華反駁說：「你怎麼能確定是我要把她放在身邊的呢？余助理，你把事情太簡單化了，你還說對我沒什麼成見，為什麼你會一邊倒的認為應該由我對這件事情負責呢？」

余欣雁說：「好吧，也許湯小姐這件事我是有些偏激了，但是傅董，我對你真的沒什麼成見的。」

傅華說：「這點你就別不承認了，我看了昨天的那篇報導，照片上的人物很模糊，不是特別有心的人是不會認出照片上拍的就是我。余助理是不是一直在心裏恨著我啊，所以才會一看到照片就把我認出來了？」

余欣雁的臉一下子紅了起來，瞪著傅華說：「我才不會閒著沒事恨你呢，我都跟你說了，我對你這個人沒感覺。至於認出你來，不過是碰巧而已。」

余欣雁的臉紅得讓傅華莫名其妙，沒有就沒有，臉紅什麼啊?!

傅華正在納悶著，湯曼這時拿著對好的合約文本回來了，看到滿臉通紅的余欣雁，也奇怪地說：「余助理，你的臉為什麼這麼紅啊，是不是生病啦？」

余欣雁忙說：「我沒病，是你們這位傅董非說我對他有成見，才把我給氣成這個樣子的。」

湯曼笑說：「余助理，你還在為昨天的事生傅哥的氣？這件事我要跟你解釋一下，是你誤會我跟傅哥的關係了，我們之所以會在一起工作，是因為我們都把熙海投資作為我們共同的事業，並沒有其他的原因。」

經過湯曼這麼一緩衝，余欣雁臉上的紅暈褪去了大半，神情也自然了很多，笑笑說：「那可能是我有些先入為主了。好吧，我承認在這件事情上我的看法是有些偏激，傅董，我跟你說聲對不起，希望你能夠原諒我。」

傅華很有風度地說：「沒事，余助理，一場誤會而已，搞清楚就行了。」

余欣雁說：「你不介意就好。湯小姐，合約文本你對過了嗎？沒什麼問題吧？」

湯曼點點頭，說：「余助理的工作做得很仔細啊，我看了一下，沒有任何的錯漏。」

余欣雁聽了說：「既然沒有任何的錯漏，那傅董，我就把這份文本報給倪董啦。」

傅華點點頭說：「行啊。」

海川市政府，市長辦公室。

姚巍山跟應約而來的海川市建行的行長李成華握了手，說：「您好，李行長。」

李成華客套地說：「您好，姚市長，不知道您叫我過來有什麼指示嗎？」

姚巍山說：「千萬不要說什麼指示，你們銀行現在是垂直管理，我這個市長已經管不到你們了。」

李成華趕忙說：「話不能這麼說，姚市長總是地方的行政首長，建行對您還是相當尊重的，您有什麼需要我做的，儘管吩咐好了。」

姚巍山笑笑說：「吩咐不敢當，有件事倒是需要李行長幫幫忙。來來，我們先坐下來再說。」

兩人就去沙發上坐了下來，坐定後，姚巍山進入正題說：「李行長，首先呢，我要感謝這些年來海川市建行對海川經濟發展的大力支持，感謝李行長對海川市委市政府經濟工作的密切配合，我殷切期望您能夠再接再厲，為海川市的經濟發展做出更大的貢獻，能夠多給我們海川一些重點項目資金方面的支持。」

李成華笑笑說：「姚市長，您太客氣了，雖然是垂直管理，但是海川市建行不還是在海川市這個地面上嗎？我們忝為海川市的一分子，也該為海川貢獻一份力量的。您就說吧，具體想要我們建行支持哪一個重點項目啊？」

姚巍山看了看李成華，到現在為止，李成華的態度還算是很友好，給足了他這個海川市市長的面子，姚巍山就說：「是這樣的，可能李行長已經聽說了，市裏最近引進伊川集團的一個冷鍍工廠項目，這個項目市場前景很好，報酬率很高，但問題是需要的資金投入也很大，所以我想請李行長看看能不能在貸款方面支持支持他們啊？」

李成華點點頭，說：「這個項目我聽說過，伊川集團這家公司我也知道，是香港一家很有實力的公司，這樣好的項目和優質的公司，我們建行不支持他們又支持誰啊？沒問題，姚市長，我們願意竭盡全力支持他們的。」

姚巍山對李成華的表態相當滿意，既然願意配合，起碼也該拿出幾億的資金貸給伊川集團吧。姚巍山就說：「那我就先謝謝李行長了。」

李成華笑笑說：「姚市長，您不要這麼客氣，我能夠做的其實很有限。這樣吧，您跟伊川集團說，讓他們直接去建行找我好了，只要是三千萬以內，我一定會貸款給他們的。」

姚巍山差點沒把鼻子給氣歪，費了半天口舌，還有他這個大市長的面子撐著，李成華居然只肯給三千萬的貸款額度，這傢伙是打發要飯的啊。三千萬對伊川集團來說，根本就沒有多大的用處，差的可不是幾千萬，而是幾十億啊。

姚巍山埋怨說：「李行長，這個額度也太少了吧？」

李成華為難地說：「姚市長，不少了，您還不知道，我這個行長能批的額度只有兩千萬，我是考慮到您這是第一次跟海川市建行張嘴，這還是冒著被省行批評的危險，給您多加了一千萬的。」

李成華這話說得就更絕了，直接堵死了姚巍山要求李成華再增加額度的可能。連給三千萬的額度都要被省行批評了，姚巍山還怎麼開口讓他再多給一些呢。

姚巍山看了李成華一眼，知道他是被李成華這個老油條給擺了一道，看來想要從他這裏拿到期望的貸款額度，基本上是沒多大的可能了。

不過姚巍山此時還沒怎麼生氣，建行不行，還有其他銀行呢，他不相信其他銀行也會這麼不給他這個市長面子。便故意說：「李行長，您真是太給我姚巍山面子了，不過，您給的額度離伊川集團需要的差得太遠了，所以還是不麻煩您了吧。」

李成華聽了，應酬地說：「原來是這樣啊，那真是抱歉了，現在省行對市行控制的實在是太緊了，我的許可權也就到此而已。抱歉了姚市長，我幫不了您。不過您也別急，再找找其他銀行，也許他們能幫您的忙呢。」

姚巍山心說：我是要找找其他銀行，我就不信他們都敢像你這麼不給我面子。

但是姚巍山很快就知道其他銀行還真是敢不給他面子，他接連又約了兩家銀行的行長見面，其中一家農業銀行他還親自登門，跑到行長劉川廷的辦公室去跟他商談，結果居然跟海川建行批准的額度大致相同，甚至行長們的口吻也跟李成華一樣。姚巍山這時恍然大悟，海川這幾大銀行的行長間原來早有聯繫，一定是在私下早就達成了某種默契，商量好怎麼應付他這個市長，所以每家銀行的答覆都大同小異。

姚巍山有點下不來台的感覺，覺得他的權威被這些行長們給冒犯了，這個問題必須要徹底解決，否則他在海川市就沒什麼威信可言了。於是姚巍山把林蘇行找來商量看這件事要怎麼解決才好。

林蘇行聽完之後，沉吟了一會兒，然後說：「姚市長，要解決這個問題倒不是沒有辦法，不過需要一個人的配合才行。」

姚巍山看了看林蘇行，說：「需要誰的配合啊？」

林蘇行說：「海川市紀委書記陳昌榮。」

姚巍山愣了一下，說：「老林，我這是要向銀行貸款，你讓我找陳昌榮有什麼用啊？難道說紀委能夠從銀行裏要出貸款來嗎？」

林蘇行笑笑說：「紀委當然也要不出來貸款，不過紀委能夠管得到銀行，我在紀委工作過，知道一些這方面的情形。這裏面是有規定的，垂直管理部門的領導一旦涉嫌犯罪，要由地方上的相關部門進行管理，也就是說，這些銀行行長們是受地方紀委的管轄。您如果能讓陳昌榮想辦法抓一個銀行的行長進去，我想其他銀行的行長肯定就會知趣的聽命於您了。」

姚巍山略微思索了一下，覺得林蘇行出的主意似乎是可行的。現在這些國有企業的管理者們沒有幾個是乾淨的，姚巍山相信市紀委那裏肯定有不少關於這些行長的舉報信，真要想查他們的話，可能幾分鐘就能查出問題來。而且這些領導者上下級之間是關聯著的，查一個行長，就能從他身上牽連出一批銀行的管理者出來，到那時候，恐怕省行的行長都坐不住。

姚巍山滿意地說：「老林，你總算是給我出了一個不錯的主意，行，這件事我就去找陳昌榮溝通，讓他幫我選個靶子出來。」

姚巍山就去了紀委，拜訪紀委書記陳昌榮。

陳昌榮看到姚巍山大駕光臨，意外地說：「姚市長，什麼風把您給吹來了啊？」

姚巍山笑笑說：「陳書記，我是來向您求助來了。」

陳昌榮納悶地說：「姚市長，您這是開玩笑的吧？紀委是反貪腐的地方，只會對一些貪腐分子查處懲治，我不知道能幫市政府什麼忙啊？」

姚巍山一本正經地說：「話不能這麼說，反貪腐和經濟工作其實是相輔相成的，只有懲治了貪腐分子，經濟活動才能恢復健康，才能更好的發展啊。」

陳昌榮看了看姚巍山，猜測說：「姚市長的意思，是不是發現了什麼貪腐分子啊？如果您有什麼貪腐分子的線索，可以提供給我，我們紀委一定嚴肅查處的。」

姚巍山說：「我今天來並不是提供什麼線索的，而是想向陳書記瞭解一些情況，不知道您這裏收到沒有一些關於市裏各大銀行行長的舉報信啊？」

陳昌榮回說：「信肯定是有的，現在除非不當官，只要是當官的，就會有人給紀委寫舉報信。姚市長，您問這個，不會是要找他們的麻煩吧？」

姚巍山否認說：「也談不上要找他們的麻煩，就是這些傢伙現在因為垂直管理，就拿市委市政府不當一回事了，想讓他們支持一下市裏面的工作就推三阻四的，不想辦法整治他們一下不行。誒，陳書記，這些舉報信中，有沒有能夠達到採取措施的程度的？」

陳昌榮聽了說：「肯定是有的，不過姚市長，你總該有個目標，不會是想把他們一網打盡吧？」

姚巍山當然不可能將海川各大銀行的行長都抓起來，如果幾大行的行長全軍皆沒的話，不只會成為一個轟動全國的大新聞，對海川市來說也不是什麼好事。

姚巍山說：「當然不會，你看有沒有關於海川市建行的行長李成華的舉報資料啊？」

姚巍山選擇李成華作為打擊目標，不僅僅是因為李成華是這些銀行中第一個不給他面子的行長，還因為他覺得後面那些銀行行長們之所以口徑一致，都是李成華將他們那次的會面通報給了其他的行長。

這就是姚巍山覺得李成華最可惡的地方，自己不肯支持他也就罷了，居然還串通其他銀行一起打壓他，如果對這樣一個傢伙都不給點教訓的話，他心中這口惡氣出不來。他要李成華知道，不管怎麼說也輪不到他來給他姚巍山定規矩。

陳昌榮就打電話給下面的監察室，讓他們把有關舉報李成華的資料送了過來，然後對姚巍山說：「資料是有的，不過要對他採取行動的話，最好您還是跟市委孫書記說一聲。」

想要讓紀委對付李成華這種有相當身分的人，是不能不讓市委書記知道的。姚巍山知道這件事無法回避孫守義，就說：「那是自然，你把這些資料給我一份，我去向孫書記彙報一下。」

陳昌榮就給了姚巍山一份舉報資料，這些資料大多是舉報李成華在批准貸款的時候受賄，以及和一些女性有不正當關係的檢舉。

姚巍山拿著資料去找到孫守義，把他的想法跟孫守義作了彙報，然後請求孫守義支持他的工作。

孫守義聽完，不禁陷入了長長的思索。

他覺得姚巍山這麼做，手段有點過於狠辣，這又不是你死我活的權力鬥爭，不至於非要將李成華送上絕路。孫守義雖然沒有詳細看資料，但很清楚現在這些領導們的行為都經不起查，一經紀委調查，李成華這輩子也就完了。

姚巍山這麼做有些亂了規矩，官場上，很少有人會主動去做這種毀人一生的事，因為通常這麼做的人都不會有什麼好下場。你不給人留餘地，別人也不會給你留餘地的。

不過，姚巍山如果真要這麼做，孫守義也是不反對的，他早想給這些目中無人的行長們一個教訓。尤其是這個李成華，是其中最滑頭的一個，孫守義曾經跟他打過招呼，想要他在貸款方面支持一下海川市的企業，但李成華都是當面答應得挺好，背後卻想盡辦法拖著不辦。

只是不反對，也不代表孫守義願意公開站出來表態支持這麼做。這麼做也有一些弊端。李成華能夠做到行長位置，肯定背後也是有人在支持他的。要動李成華，很可能會得罪一些很有權勢的人物。如果為了自身的利益得罪這些人還有話說，為了姚巍山就實在沒必要了。

孫守義決定這件事不能透過海川市紀委去做，因為那樣，他這個市委書記就必須先作出表態才行，也就意味著他把開罪李成華及他身後那些人的責任全部承擔了起來，姚巍山這個最大的得利者，反而成了次要的關係人。

孫守義就說：「老姚，既然這個李成華涉嫌受賄，這種行為肯定是要受到懲處的，不過，能不能不要透過紀委這個管道啊？」

姚巍山愣了一下，有點搞不明白孫守義的意思，孫守義一方面說李成華的行為應該受懲處，另一方面卻又不同意讓紀委去處理李成華，前後似乎有些矛盾啊。

姚巍山就問道：「那您的意思是？」

孫守義滑頭地說：「老姚，你看，建行畢竟是垂直管理的部門，市委如果真的要動李成華，不跟省建行打聲招呼，道義上有點說不過去；但是如果打了招呼，你再想動他恐怕就不行了。消息洩露後，一定會有領導來為他關說的。到時候市委要承受很大的壓力，因此我認為，通過紀委這個管道來處理這件事有點行不通。」

孫守義這麼說，姚巍山就明白他在想什麼了，這傢伙是不想承擔處理李成華的責任。姚巍山說：「那孫書記，我們總不能看著這些違法行為卻置之不理吧？」

孫守義說：「對不法的行為怎麼能置之不理呢，當然必須嚴肅查處才行。老姚，紀委這邊不行，不代表別的部門不行啊，既然你查到李成華受賄犯罪的線索，你可以把它交由檢察院的反貪局進行必要的調查啊。」

孫守義是要讓他自己去處理這件事的意思，姚巍山雖然有些不滿意，但是孫守義至少提出了一個解決的辦法，目前來看，這似乎也是他唯一能做到的一個辦法，因此姚巍山說：「行啊，孫書記，那我就讓反貪局的同志來處理這件事吧。」

於是，姚巍山就在關於李成華的舉報信上作了批覆，要求檢察院反貪局對這件事情嚴肅查處。果然，在批覆轉下去之後的當天，李成華就被反貪局請去進行協助調查了。

李成華進了反貪局之後，在強大的問詢攻勢下，馬上就坦白供出自己受賄的犯罪事實，還交代了另一個姓宮的副行長對他行賄的情況，反貪局趁勝追擊，把姓宮的這個副行長給帶到反貪局進行調查。案件似有星火燎原之勢，一時之間海川市建行的領導們人人自危。

第七章

燃眉之急

姚巍山說：「劉行長，
你這可是解了伊川集團的燃眉之急啊，
海川市委市政府會為您記上一大功的。」
劉川廷知道這個五億的貸款額度達到了姚巍山的要求，
心裏鬆了口氣，說：「姚市長，這是我應該做的。」

晚上，孫守義應酬完之後，就讓司機將他送到劉麗華那裏，他現在越來越經常在晚上來劉麗華這兒，而且也不再避諱他的司機了。

何飛軍被雙規後，顧明麗也沒臉再待在海川，她讓報社將她調到了別的地方，因此海川也就沒人敢再來盯孫守義的梢了，孫守義就少了不少顧忌；另一方面，孫守義在海川的地位越來越穩固，也讓他膽子更大了些。

至於這個司機，孫守義利用市委書記的權力幫他解決了不少事，包括他家人的工作安排，兒子上的名校，都是孫守義出面的，可以算是孫守義的親信，因此他跟劉麗華的事也就不再避開他的司機。

另一方面，給市委書記開車，也讓司機得到了很多好處，很多人因為他是市委書記的司機對他高看一眼，孫守義相信這個司機一定明白兩人的利益是休戚與共的，如果他倒楣了，司機也會跟著倒楣的，所以孫守義覺得這個司機應該不會出賣他的。

劉麗華看到孫守義來了，趕忙迎過去將他的提包和外套接了過去，又服侍著孫守義換了拖鞋，體貼的就像個妻子一樣。孫守義洗了個澡，就跟劉麗華在床上折騰了一番。

折騰過後，孫守義有些累了，摟著劉麗華就想要睡過去，這時他的手機響了起來，他順手接通了，說：「我是孫守義，哪位找我？」

一個男人的聲音傳來說：「孫書記，是我啊，省建行的郭勁松啊。」

「郭勁松？」孫守義還有些迷糊，沒有想起來郭勁松是誰，重複了一遍這個名字，隨即才想到這個郭勁松的身分，趕忙說：「是郭行長啊，不好意思，我剛才睡得迷迷糊糊的，一下子沒想起來是您。」

郭勁松笑笑說：「孫書記千萬別這麼說，是我不好，這麼晚還來打攪您。」

孫守義心裏很清楚郭勁松這時候打電話來，一定是為了李成華被抓的事，心想郭勁松反應倒挺快的，李成華進去反貪局都還沒過夜呢，電話就找上了他。該不會李成華的案子也跟郭勁松有什麼瓜葛吧？

孫守義裝作不知情的說：「郭行長，您這麼晚找我是有什麼急事嗎？」

郭勁松埋怨說：「孫書記，您可有些不夠意思了，李成華怎麼說也是建行的人，就是有什麼違紀行為您要處分他，是不是也要跟我們打聲招呼啊？」

孫守義裝作愣了一下，說：「郭行長，您先等一等，李成華出什麼事了？」

郭勁松反問說：「難道您不知道這件事嗎？」

孫守義裝糊塗地說：「這件事我不知道啊，我沒安排對李成華的處分啊？誒，郭行長，究竟出了什麼事啊？」

郭勁松懷疑地說：「您真的不知道啊，李成華被檢察院反貪局帶去調查了，也不知道這傢伙在裏面胡說了些什麼，反貪局將市建行的宮副行長也帶走了。」

孫守義故作驚訝地說：「有這麼回事？您等一下好嗎，讓我先跟反貪局那邊瞭解一下情況，然後再跟您回報究竟是什麼情況，您看好嗎？」

郭勁松就說：「好吧，我等您。」

孫守義就打電話找到反貪局的局長，跟他瞭解了一下案件的進展，然後回電話給郭勁松，語帶歉意的說：「對不起啊，郭行長，我剛瞭解了一下情況，是有這麼回事。是姚巍山市長發現了李成華的犯罪行為，批示交由反貪局處理。反貪局就根據線索讓李成華協助調查，結果李成華到了反貪局之後，主動坦白了他的犯罪事實。至於那個宮副行長，李成華說他為了升職，向李成華行賄了十萬元。」

郭勁松口氣恨恨地說：「原來是姚市長搞出來的事啊，孫書記，你們這位姚市長做事可真是夠絕的，他不就是想要建行支持海川市的工作嗎？這都是好商量的事，李成華拒絕他的要求也是因為受許可權約束的緣故，如果姚市長跟省建行溝通一下，問題馬上就能解決，事情也不會搞得這麼複雜了。」

孫守義心想：你話說得好聽，你們這些銀行行長哪個不是財大氣粗，不把我們這些地方官員放在眼裏的呀？現在是姚巍山抓了李成華你才會來找我溝通的，要不然你會理我才怪呢。

孫守義圓滑地說：「姚市長處理這件事是有些急躁了，不過這李成華自身也是有問題，他身為領導幹部，怎麼可以做出這種行賄受賄的事來呢？現在事情已經到了這個地步，我也不知道該怎麼辦了，要不，我明天帶著姚市長和反貪局的同志去省建行專程跟您彙報，然後由您來決定這件事要如何處理吧。」

郭勁松心想，既然李成華坦承了自己的罪行，再想保住他基本上是沒有可能了，現在的問題是要保住那些還沒出事的人，不要讓李成華和宮副行長再交代出其他人來。

郭勁松就說道：「就不用麻煩您專程跑來省城了。李成華和宮副行長既然是貪腐分子，海川市對他們進行懲處也是應該的。這個我和省建行都沒意見，只是不能因為李成華和宮副行長出了問題，建行就好像沒有好人了，我相信建行的大部分同志都是好的。」

孫守義笑笑說：「對對，您說得對，我也相信大部分同志都是好同志的。」

郭勁松說：「現在海川反貪局的行動對海川市建行的干擾很大，造成人心惶惶，間接影響了海川市建行的正常工作秩序，為了穩定海川市建行的人心，您看是不是讓海川市反貪局控制一下調查的範圍啊？」

孫守義心說：控制調查範圍可以，但是也要省建行開出足夠的價碼來才行，就說：「您既然發話了，我這邊自然沒什麼問題，不過，我要先跟姚市長溝通一下，這件事是他發起的，我也需要尊重一下他的意見。」

郭勁松哼了聲說：「我知道姚市長想要的是什麼，您就這麼跟他說吧，省建行對海川市的經濟發展也很重視的，因此會盡力籌措資金，協助解決海川一些重點項目的資金需求的。」

孫守義聽了說：「您這麼說，姚市長那邊應該就沒什麼問題了，我先替他謝謝您了。」

郭勁松諷刺地說：「這個謝謝我可承受不起，孫書記，您這位搭檔做人做事的方法我可真是不敢恭維啊。好了，就這樣吧。」

第二天，一早上班的時候，孫守義就把姚巍山叫了過去，把昨晚郭勁松給他打電話的經過講了一遍，然後說：「老姚，郭行長既然這麼交代了，對李成華的調查就不要再擴大範圍了，牽連的人太多的話，對誰都不是一件好事的，回頭你交代一下反貪局，對李成華的調查就到此為止吧。」

姚巍山已經得到了他想要的東西，解決了伊川集團的貸款問題，自然見好就收，說：「行啊，孫書記，我會跟反貪局的同志講一下的。」

姚巍山回到自己的辦公室，剛坐下來，電話就響了起來，是海川市農行的行長劉川廷打來的，姚巍山笑了起來，知道劉川廷一定是因為李成華的被抓感到害怕了，怕他下一步會也對他採取跟李成華一樣的措施。

姚巍山接通了電話，笑笑說：「劉行長，什麼事竟然驚動您親自給我打電話啊？」

劉川廷巴結地說：「姚市長，您這話我可受不起啊。您是領導，我打電話給您，是想要向您請示彙報的。」

姚巍山笑笑說：「這我才不敢當啊，農行是垂直管理的部門，海川市政府是管不到你們的。」

劉川廷趕忙說：「姚市長可千萬別這麼說，海川市農行接受您的領導也是應當應分。您現在在辦公室嗎？您上次跟我提到的伊川集團貸款的事，我想當面跟您做一下彙報。」

姚巍山心裏冷笑一聲說：「我現在就在辦公室，你過來吧。」

十幾分鐘後，劉川廷就出現在姚巍山的辦公室。

一進門，劉川廷就討好地說：「哎呀，姚市長，您不知道，為了支持您說的那家伊川集團，我這兩天都待在省行跟胡行長磨，想讓省行加大對我們海川市經濟的支持力度，最後胡行長氣得都跟我拍了桌子。」

劉川廷這麼說自然是在跟他表功，反正只要能幫伊川集團拿到貸款，他樂得領劉川廷這個情，就笑笑說：「辛苦了，劉行長。」

劉川廷說：「姚市長這麼說就太客氣了，海川市農行也是海川市的一分子啊，作為農行的行長也應該為海川多爭取一些資金的。這次幸好胡行長雖然發火了，最後還是法外開恩，答應特批五億的貸款額度給這家伊川集團。」

五億的額度基本上可以解決伊川集團所需貸款的四分之一了，姚巍山對這個數字還算滿意，如果其他幾家大銀行能夠照此辦理的話，伊川集團第一期工程的資金缺口基本上就可以解決了。

姚巍山就說：「劉行長，你這可是解了伊川集團的燃眉之急啊，等伊川集團的冷鍍工廠項目建成，海川市委市政府會為您記上一大功的，我姚巍山個人對您也是十分感激的。」

劉川廷聽姚巍山說他很感激，就知道這個五億的貸款額度達到了姚巍山的要求，也就是說，他無需面臨李成華所面臨的懲罰了，心裏暗自鬆了口氣，說：「姚市長，這是我應該做的嘛，不過有件事我需要跟姚市長事先說一聲。」

姚巍山愣了一下，看了看劉川廷，板著臉說：「劉行長，這五億的貸款不會還有什麼額外的條件吧？」

劉川廷被姚巍山看得心裏有些發毛，很擔心一個應對不好，就會命運翻轉，小心翼翼地說：「是有些條件，不過這可不是我故意要為難伊川集團的，而是銀行貸款必要的條件。」

姚巍山說：「如果是必要的倒也無妨，說吧，究竟是什麼條件。」

劉川廷解釋說：「是這樣的，因為這是特批的一筆貸款，省行為了避免將來發生償還上的困難，要求伊川集團最好能夠提供足夠優質的資產作為貸款抵押。」

姚巍山不以為意地說：「這個沒問題，常規上，伊川集團也需要提供抵押物給銀行，銀行才能發放這筆貸款的。這次伊川集團為了建這個冷鍍工廠，在海川市圈了一塊兩千多畝的土地，需要的話，他們可以一次做抵押。」

劉川廷搖搖頭說：「這塊土地不行，據我所知，市政府為了能夠留住伊川集團，讓伊川集團以很低的價格就拿到地。而且這塊土地所在位置很偏僻，將來變現也比較困難，省行肯定是不會同意拿它作抵押品的。」

姚巍山看了劉川廷一眼，說：「那劉行長的意思是？」

劉川廷趕忙聲明說：「姚市長，首先這並不是我的意思，是胡行長特別提出來的要求，他說風險不能由農行一家承擔，既然海川市政府這麼支持這個項目，就應該跟農行共擔風險，所以他說最好是由海川市財政為這筆貸款提供抵押擔保。」

姚巍山遲疑了一下，由海川市給伊川集團貸款提供擔保，可就把海川市跟伊川集團綁在了一起，一旦出現償付風險，那海川市財政就必須為此付出很大的代價。不過劉川廷既然以此作為貸款的前提條件，那也就是說如果不能滿足這個條件的話，農行這五億的貸款就不會發放給伊川集團，伊川集團的困境還是無法得到解決。

想來想去，姚巍山覺得這件事的風險是可控的，伊川集團是香港有名的公司，實力雄厚，這個冷鍍項目前景又很看好，沒有理由會發生不能償付的風險。

姚巍山就同意說：「可以啊，不過這件事不是我能夠一言而決的，您等我在市長辦公會上研究通過了，我才能正式確定讓海川市財政為這筆貸款提供抵押擔保。」

劉川廷聽了說：「那就沒什麼問題了，我相信以姚市長的領導能力，市長辦公會上一定會通過這項決議的。」

北京，晚上七點。

傅華在約定的酒店大廳裏等了十分鐘左右，就看到黃易明和羅茜男一起出現在酒店門口，他趕忙迎了過去，跟黃易明握了握手說：「黃董，昨天沒能參加您安排的聚會，真是不好意思啊。」

黃易明說：「傅先生你真是太客氣了，這怎麼能怪你呢，你湊巧有事不能來嘛。不過你沒來，昨天的那場聚會就有些無趣了，小葵也不知道是不是碰到什麼事，在聚會上顯得情緒不高，我們喝了一會悶酒也就散了。」

寒暄過後，黃易明又說：「傅先生，今天我本來想把彤彤小姐也請來的，但是後來一想，讓她來似乎有些不方便，主要是考慮到前幾天那個車震事件，現在記者們都在盯著她呢，我怕帶她來被記者看到你們倆，就會知道那天在車裏的人是你了。」

一旁的羅茜男聽了說：「傅華，看不出來嘛，你還挺前衛的，居然能夠玩出車震這種事來啊。」

傅華駁斥說：「羅茜男，你可別瞎說啊，叫黃董聽到了還當真呢，我玩什麼車震啊，那是記者瞎寫的，根本就不是那麼一回事。」

黃易明卻說：「傅先生，你不要對我有什麼顧忌，我並不反對公司旗下的藝人談戀愛，所以你跟她的事我不會干涉的。」

說到這裏，黃易明看了傅華一眼，接著說道：「不過呢，你跟彤彤出去最好還是保持一點距離比較好，要知道明星實際上是大眾情人，彤彤小姐打的又是清純形象，被人拍到她跟一個男人在一起的話，會讓很多她的粉絲失望的，這對彤彤來說會造成很大的負面影響。」

傅華趕忙解釋說：「黃董，那天晚上的情況是個意外，我跟彤彤只是單純的朋友，她親我完全是個玩笑，所以您放心好了，我保證以後不會再有類似的事件發生了。」

說話間，傅華將黃易明和羅茜男領進他訂好的包廂，坐定後，傅華便對黃易明說：「黃董，上次您幫我在香港做的安排，我還沒跟您說聲謝謝呢。」

黃易明笑說：「傅先生，我那也是受人之托，你無需跟我說謝謝的。再說，對我來說，做那種安排很容易，你別太掛在心上。遺憾的是並沒有幫你把問題給解決了。」

傅華說：「問題雖然還沒解決，但是已經看到了一線曙光，不但查到了齊隆寶的真實身分，還知道了一個叫做楚歌辰的人。」

黃易明說：「說到楚歌辰，茜男讓我在香港調查他的消息，這個人真的很重要嗎？」

傅華點點頭說：「這個人物很關鍵，很可能是個美國間諜，他跟齊隆寶私下有金錢方面的往來，只要能夠找到證據證實他們的關係，我就有辦法對付齊隆寶了。可惜的是，除了喬玉甄說他跟齊隆寶有聯繫之外，我現在掌握不到任何能夠證明齊隆寶跟這個楚歌辰有聯繫的證據。」

黃易明詫異地說：「他可能是美國間諜？這可一點都不像啊，我搜集到的關於這個楚歌辰的資料，都顯示這是一個沒有任何異常的正當商人，實在看不出來他有什麼地方是美國間諜。」

傅華笑說：「那是黃董您搜集的資料太過於表面了，我知道這傢伙可能是美國間諜的情報，是我朋友從香港警方得到的消息，可能性很高的。」

羅茜男在一旁說：「傅華，從黃董查到的資料上看，這個楚歌辰是做對美的出口貿易，一年總有幾個月是住在美國，既然他在香港沒什麼異常，那他的異常會不會在美國啊？」

傅華說：「這倒是不無可能，不過，問題的癥結如果是在美國的話，那我們可就不好查了。」

黃易明說：「在美國也沒什麼難查的，美國很多城市都有華人的移民，這樣吧，我想辦法讓我在美國的朋友查一下這個楚歌辰，看看能不能查到什麼。」

傅華趕忙說：「那就謝謝黃董了，最好是能看看這個楚歌辰在美國究竟跟什麼人來往，這些人當中有沒有能夠跟齊隆寶扯上關係的。」

黃易明點了一下頭，說：「那我讓我的朋友去瞭解一下楚歌辰在那邊究竟跟什麼人往來密切，讓他把跟楚歌辰來往密切的人的照片拍下來，再傳回來讓你看看，其中說不定會有對你有用的東西呢。」

傅華點點頭說：「那讓黃董費心了。好了，我們先不談這個了，來黃董，我先敬您一杯，為您接風洗塵。」

海川市政府，姚巍山辦公室。

常務副市長曲志霞正在跟姚巍山彙報工作。

聽完曲志霞彙報的情況之後，姚巍山批示說：「曲副市長，這件事你處理得很好，我很滿意。」

曲志霞就站了起來，笑笑說：「姚市長，我跟您彙報的就這些事，您如果沒什麼別的指示的話，那我就回辦公室了。」

「別急啊，」姚巍山說：「你先坐下，我還有話要跟你說。」

曲志霞就坐了下來，看著姚巍山說：「姚市長還有什麼指示啊？」

姚巍山之所以留下曲志霞，是想先跟曲志霞溝通一下關於海川市財政為伊川集團貸款提供抵押擔保的事。

幾大銀行這幾天紛紛有了態度，不過口徑還是一致的，前提都是要海川市財政出面提供抵押擔保，就願意提供貸款支持伊川集團。姚巍山倒是同意讓海川市財政提供抵押擔保，但是財政現在是曲志霞分管，姚巍山要讓海川市財政為伊川集團提供擔保，曲志霞這個常務副市長是繞不過去的。

姚巍山就笑笑說：「曲副市長，你大概也聽說市裏引進了一個重點項目，就是伊川集團的冷鍍工廠項目。」

曲志霞說：「這我聽說了，據說這個項目投資額很大，一期工程就需要四十億的資金，是個很不錯的項目。」

姚巍山說：「這個項目是很不錯，建成後，能夠給我們海川市的GDP帶來很大幅度的提高，所以我認為對這個項目，海川市政府應該多多給與扶持，曲副市長對此沒什麼意見吧？」

曲志霞說：「這個項目對市裏的經濟發展有很大的幫助，我對此自然是支持的，沒什麼意見。」

姚巍山接著說：「既然你對這個項目很支持，那事情就好辦了。是這樣的，伊川集團一期的啟動資金還有很大的缺口，經過我協調市裏各大銀行，這些銀行紛紛表示對這個項目很看好，願意提供貸款給伊川集團，支持伊川集團一期工程能夠順利上馬。」

曲志霞心裏不禁覺得好笑，姚巍山這麼說根本是在為自己臉上貼金，她知道最近姚巍山跟市裏各大銀行間發生了什麼事，事實上各大銀行並不是心甘情願的配合，而是迫於姚巍山的威權才不得不同意貸款的。

曲志霞奉承說：「這很好啊，還是姚市長您面子夠大，能夠爭取到這些難說話的行長同意貸款。我去跟他們協調，通常都是被頂回來的。」

姚巍山得意地說：「也不是我面子大，是這些行長願意支持海川市的經濟發展。不過，他們雖然同意貸款，一個新的問題就產生了，那就是伊川集團要拿什麼作為抵押物，從而讓銀行同意發放貸款呢？」

曲志霞心中有些警覺了起來。心說姚巍山是不是想要市財政出面幫伊川集團抵押擔保啊？這個曲志霞卻不想同意。

曲志霞對姚巍山這段時間的表現多少也知道一些，姚巍山是個私心很大，很貪婪的傢伙，這樣的人是很危險的，保不住什麼時候就會翻船。再加上曲志霞是隸屬孫守義陣營的人，孫守義幾次在私下的場合都埋怨說姚巍山太愛算計人，看上去對姚巍山很有看法。基於此，曲志霞對姚巍山的態度是敬而遠之，儘量不要攪和進姚巍山的事情當中。

曲志霞巧妙地回避說：「姚市長，您也不要為企業操太多的心了，伊川集團既然想要銀行貸款給他們，自然能提供出相應價值的抵押物出來的。」

姚巍山聽出曲志霞話裏的意思實際上是在拒絕給伊川集團提供擔保，心裏彆扭了一下，心說伊川集團如果能夠拿出讓銀行接受的抵押物，我何須再跟你費這個口舌啊？

姚巍山說：「可是曲副市長，你不知道，幾大銀行提出來的條件是讓我們海川市財政跟伊川集團共同提供抵押擔保。」

「這我不同意！」曲志霞看姚巍山還是講出讓海川市財政提供抵押擔保的話來，馬上就斬釘截鐵的拒絕了。

曲志霞對這個冷鍍工廠並不看好，這是一個在鋼板上面鍍上一層金屬，然後再銷給有需求的廠商的項目，伊川集團在這其中，既不掌握上有的原材料，又不能保證下游的足夠銷路，這樣一個項目說市場前景很好，恐怕理由並不充分。

暫時來看，現在伊川集團的產品銷路是很好，但是市場瞬息萬變，一旦出現上游的原物料漲價，下游的產品滯銷的情況時，伊川集團將會面臨嚴重的經營危機，如果海川市財政提供了抵押擔保，那海川市財政也將會因此蒙受慘重的損失。同時曲志霞也覺得姚巍山之所以為伊川集團費這麼大的力氣，一定是收了不知道多少好處，她卻是一點好處都沒看到；既沒好處可得，又要擔負相當的責任，曲志霞當然不想做這種傻事。

姚巍山臉上的笑容就僵住了，看了一眼曲志霞，說：「曲副市長，這可是我們市裏引進的重點項目啊，市政府應該要支持的。」

曲志霞振振有詞地說：「姚市長，我知道這是市裏引進的重點項目，但您也要知道，它只是一個港商投資的項目，而非我們海川市自己投資的項目，我們政府沒有必要為了這個項目而擔上不必要的責任。」

姚巍山看曲志霞寸步不讓，一點面子都不給他留，就有點惱火了，說：「曲副市長，你看問題怎麼這麼短淺啊？你不要只看眼前的一點小利益，要看到長遠的利益才行。」

曲志霞毫不畏懼地說：「姚市長，我搞不明白您這話是什麼意思，讓政府從財政給一家私人性質的公司貸款提供擔保，這裏面有什麼利益？您又是從什麼地方能看出這麼做的長遠利益？反倒是一家公司連一期工程的資金都籌措不出來，這家公司的實力也無法令人信服，我認為從長遠利益上看，是不應該給他們提供擔保的。」

姚巍山辯駁說：「曲副市長，這不是明擺著的嗎？這件事裏面所包含的政治利益是；伊川集團項目如果能成功上馬的話，將會讓海川的招商引資工作立馬上一個新臺階；而它的長遠利益是，客商看到我們海川市政府為伊川集團提供這麼強有力的支持，一定會認為我們海川市的投資環境很優越，就會吸引他們前來投資，長遠來看，一定會促進海川市的經濟發展的。」

曲志霞反駁說：「姚市長，您不覺得您這話說得太空洞了嗎？您想沒想過，萬一伊川集團出現不能按期償付貸款的狀況時，海川市財政將會因此蒙受巨額的損失呢？」

姚巍山生氣地說：「曲副市長，你可別瞎說，伊川集團的實力在香港是數得著的，怎麼會出現不能按期償付貸款的狀況呢？」

曲志霞咄咄逼人地說：「姚市長，您不覺得您這話很好笑嗎？現在是市場經濟的社會，企業一旦經營狀況惡化，別說不能按期償付貸款了，破產的狀況都有。」

姚巍山有點受不住曲志霞譏誚的語氣，惱火的說：「志霞同志，我是海川市的市長，請你語氣放尊重一點！」

曲志霞毫不示弱的說：「姚市長，我是表達對這件事的看法，並不是不尊重您。反正我是強烈反對市財政做這個擔保的。」

姚巍山冷笑一聲說：「曲志霞同志，你不同意不代表市政府就不能這麼做，這件事情我會交由市政府常務會議審議決定的，我相信同志們一定會做出明智的判斷。」

曲志霞說：「行啊，姚市長，我也會在常務會議上明確闡述我的觀點的，我就不相信同志們看不出其中存在的問題。」

曲志霞說完，站起來就轉身離開了姚巍山的辦公室。

姚巍山氣得拿起水杯要摔，就在水杯要脫手的時候，他又趕忙把水杯抓緊了。如果傳出去他在辦公室摔了杯子的話，對他的形象是個損害。

最終姚巍山重重的把水杯放到桌子上，心裏罵了句：這個臭娘們，不就仗著孫守義給你撐腰嘛，等著吧，我會讓你知道我姚巍山也不是什麼好惹的人！

就這麼悶坐了一會兒，姚巍山多少冷靜了些，心裏就開始有些沮喪了，因為他意識到，如果真的將這件事交由市政府常務會議審議的話，恐怕還真難得到其他人的支持。這是一件需要承擔責任的事，如果將來伊川集團真的不能按期償付貸款，這些投票支持他的人將會因此被追究責任的。

現在這些官員真正有擔當的人並不多，只要看到可能需要承擔責任的事，他們通常就會退縮了。尤其是曲志霞站出來公開表示反對後，表現得會更加明顯。

姚巍山評估了一下，市政府常務會議中，他並沒有多少鐵桿的支持者，副市長中，剛剛被他提拔的郭定國算是一個，而胡俊森本身就是對伊川集團持反對意見的，也就不用想他會投票支持市財政給這個項目做貸款擔保。秘書長當中，則只有林蘇行會站在他這邊支持他。

如果無法保證獲得多數人的支持，這個議題就無法通過，那樣等於是自討其辱。因此姚巍山不敢輕易就將這個議題交付給常會會議去審議。可是他又跟曲志霞講了那樣的話，如果不交付審議的話，就代表著他這個市長認輸了，怕了曲志霞了。

最主要的一點是，如果無法通過的話，各大銀行就不會發放貸款給伊川集團，那樣不但他無法再從伊川集團那裏獲得什麼好處，這個冷鍍工廠也無法順利啟動起來，那他忙活大半天引進的項目就算失敗了。

姚巍山現在還真是有些進退兩難。想到這裏，他在心裏又把曲志霞給臭罵了一頓，這次他捎帶著把孫守義也給罵上了，因為曲志霞和孫守義聯手，讓他這個市長處處縛手縛腳，難以有所作為。

姚巍山就又把林蘇行叫了過來，林蘇行是配合曲志霞工作的副秘書長，在曲志霞身邊工作了一段時間，對曲志霞的情況應該有所瞭解。他想從林蘇行那裏瞭解曲志霞的情況，看看能不能找到什麼辦法制約一下曲志霞，或者直接就將這塊絆腳石給搬開算了。

第八章

爭風吃醋

林蘇行說：「報導中雖然語焉不詳，
但以吳傾的那種特殊癖好來推測，
這個情人應該也是他的學生，
而跟田芝蕾同班的女學生就曲志霞一個人，
基本上可以斷定田芝蕾爭風吃醋的人一定是曲志霞。」

林蘇行很快過來了，姚巍山嘆了口氣說：「老林啊，我剛才跟曲志霞為了給伊川集團擔保貸款的事吵了一通，這個女人真是又臭又硬，仗著孫守義給她撐腰，一點都不把我放在眼中啊。」

林蘇行立即附和說：「這個女人是有些難纏，據說在您來海川之前，她就跟前任市委書記金達吵過，孫守義那時候跟她處得也並不愉快。」

姚巍山說：「看來這個女人還真是不好對付，老林啊，你跟她配合也有一段時間了，就沒發現一點這個女人的問題？」

林蘇行搖搖頭說：「還真沒有，這個女人很精明，她知道我和你的關係，對我有戒備之心，做什麼事都避開我，我就很難抓住她的痛腳。」

姚巍山有些失望地說：「是這樣啊，唉，看來還真是拿她沒輒了。這個女人在市政府礙手礙腳的，讓我感到很彆扭，本來我還想你說不定能幫我找到她什麼把柄呢。」

林蘇行說：「把柄嘛暫時還沒找到，不過曲志霞倒有一件事情的表現是挺奇怪的。」

姚巍山眼睛一亮，立即問說：「什麼事情啊？」

林蘇行說：「這件事您可能也聽說過，就是曲志霞讀在職博士的導師吳傾被殺的事。」

姚巍山點點頭說：「吳傾是國內有名的經濟學教授，他被女學生殺害這件事鬧得挺轟動的，報紙上也報導過，怎麼，你懷疑曲志霞與吳傾被殺有關？」

林蘇行小聲地說：「我覺得曲志霞即使不是吳傾被殺的直接原因，起碼也與吳傾和那個叫做田芝蕾的兇手有著某種瓜葛。」

「哦？」姚巍山覺得似乎找到了某種對付曲志霞的辦法了，他的眼睛更亮了，說：「老林啊，你為什麼會這麼覺得啊？」

林蘇行說：「我之所以會覺得曲志霞與吳傾的死有關，是因為那時候曲志霞的表現很異常，吳傾被殺時，曲志霞正在北京，後來才回到海川的，我也是在她回海川後才跟她開始有正式的接觸，我幾次發現曲志霞在辦公室裏坐著發呆，神情恍惚，似乎是受到什麼打擊似的。」

姚巍山有些洩氣地說：「老林，單憑這個似乎沒有辦法讓曲志霞跟吳傾的死聯繫上吧？」

林蘇行笑笑說：「您聽我說完啊，當時我隱約覺得曲志霞的反常表現可能是跟吳傾的死有關，於是就上網搜尋了吳傾的資料，這一搜尋，就發現了一件有趣的事。」

姚巍山好奇地問：「什麼有趣的事啊？」

林蘇行詭秘地說：「這件有趣的事，就是吳傾是個風流成性的教授，而且在某些方面有特殊的癖好，特別喜歡去勾引自己的女學生，還為此鬧出過幾樁醜聞來。」

「你是說吳傾跟曲志霞之間也有過那種關係？」姚巍山有些難以置信的說：「不會吧，曲志霞歲數也不小了，吳傾應該不會對她感興趣的吧？」

林蘇行笑了起來，說：「怎麼不會啊？我們的曲副市長也算是徐娘半老，風韻猶存的。再說，據北大一些知情人士在網上發的帖子的內容來看，吳傾對自己的女學生是情有獨鍾的，不論美醜老幼他都勾引，我看過網路上散佈的他以前勾引過的女學生照片，兩相比較起來，曲志霞還算是中上水準呢。」

姚巍山不禁笑說：「這倒也是，估計吳傾的選擇也不多，能讀到博士的女人沒幾個是漂亮的。但是你這麼說僅僅只是揣測之詞，並沒有實質的證據支持，我們無法拿這個去對付曲志霞的。」

林蘇行不以為然地說：「也不完全是揣測之詞，我看過關於吳傾被田芝蕾殺害的報導。報導中有這樣一句話，說田芝蕾是因為長期跟吳傾的另外一位情人爭風吃醋，造成精神壓力過大，導致精神失常，才會失控將吳傾殺害的。」

姚巍山想了想說：「這篇報導我也看了，不過報導中對吳傾的另外一位情人並沒有太多的描述，也就是簡單的提了這麼一句，似乎很難將這另外一位情人跟曲志霞聯繫起來啊。」

林蘇行說：「報導中雖然語焉不詳，但其實也不難將這兩人聯繫起來的。以吳傾的那種特殊癖好來推測，這個情人應該也是他的學生，而跟田芝蕾同班的女學生就曲志霞一個人，加上曲志霞當時剛好在北京，基本上可以斷定和田芝蕾爭風吃醋的人一定是曲志霞；而且網上也有一些猜測這個情人身分的帖子，懷疑的對象也是指向曲志霞。」

姚巍山沉吟了一下，說：「這件事倒是不妨可以利用一下，只是光憑推測終究是難以服人，最好是能夠找到點什麼證據，然後想辦法給她公開了，那樣曲志霞也就沒臉再在海川市待下去了。誒，老林啊，你能不能找到什麼理由去一趟北京啊？」

林蘇行笑說：「理由很好找，我老丈人的身體一直不太好，我老婆早就想陪他去北京的大醫院檢查一下，我可以用這個理由陪他們去北京走一趟的。」

姚巍山露出奸笑說：「那好，你就趁此機會去一趟北京吧，想辦法去北大和公安部門瞭解一下吳傾和曲志霞的情況，如果真的像你說的那樣，曲志霞跟吳傾有瓜葛的話，這兩個地方一定能查到一些什麼的。」

林蘇行點點頭說：「行，姚市長，那我就走一趟吧。」

北京，茂和大廈十二樓，平鴻保險公司總部。

茂和大廈是棟顯得有些陳舊的大廈，建成有二十多年了，大廈的一些設備顯得有些破舊。平鴻保險公司租用這裏的三樓辦公室作為他們的北京總部。傅華帶著湯曼走向公司的大門，他們是來拜訪董事長曲向波的。

櫃臺的接待小姐看到兩人，甜笑說：「兩位好，請問能為兩位做些什麼嗎？」

湯曼說：「我們是熙海投資的人，這位是我們的董事長傅華，我是他的助手湯曼，我們想見一下貴公司的曲董。」

接待小姐禮貌地問：「請問兩位跟我們董事長有約嗎？」

湯曼說：「沒有約時間，但是我們熙海投資跟貴公司有些重要的事情要談，麻煩你幫我們跟曲董通報一聲，我想他應該會接見我們的。」

接待小姐依舊是職業性的微笑著說：「很抱歉，小姐，沒有預約的話，我們董事長是不會見你們的。」

傅華說：「這位小姐，我們跟曲董真的有很重要的事情要談的，你就幫我們通報一聲吧。」

接待小姐說：「對不起先生，我們董事長日常的行程都安排得很滿，沒有預約的話，他是沒有時間見你的。請你回去跟他預約好了再來吧。」

見接待小姐堅決不肯通報，傅華和湯曼相互看了一眼。湯曼說：「怎麼辦啊傅哥，我們現在連門都進不去，更別說去跟曲向波談了。」

傅華搖搖頭說：「我也不知道該怎麼辦，我們先坐在這裏等一下吧，也許一會兒曲向波會出來呢？」

湯曼無奈地說：「也只好這樣了。」

兩人就去櫃臺旁的座椅那裏坐了下來，湯曼問：「傅哥，你當初真的是跟曲向波有過約定，他要跟你談辦公室預售的事情嗎？」

傅華說：「我騙你幹嘛啊？那晚我請他吃飯，就是為了談這件事，只是因為在酒桌上有些事情不方便談，所以才要另約時間談的。」

湯曼疑惑地說：「那為什麼他再也不跟你聯繫了呢？」

傅華不明所以地說：「這我也搞不清楚啊，那次吃完飯，我打過幾次電話給他，他的秘書都說曲董很忙，沒辦法接我的電話，我也找了幫我聯繫的老同學單燕平，讓她幫我問問曲向波究竟是怎麼回事，她倒是說幫我問的，可是說了之後，這麼長時間也沒給我答覆，我就想還是找過來當面問問曲向波比較好。」

「當面問當然是比較好，」湯曼嘆說：「可惜的是人家根本就不見我們啊。」

傅華安撫著說：「小曼，你稍安勿躁行不行啊？現在很難得平鴻保險公司正好有要買辦公室的需求，我們對這個機會絕不能輕易放過，在這裏等一會兒又不費什麼事。」

湯曼苦笑說：「是不費事，可是我覺得這麼等好像很笨啊。」

傅華說：「笨是笨了點，不過這個辦法目前來看是唯一可行的辦法，也是最有機會見到曲向波的辦法。當初我剛到北京的時候，也是用這種笨辦法等到了融宏集團的董事長陳徹的。」

說來也巧，正在傅華跟湯曼談話的時候，樓道裏一間辦公室的門開了，曲向波帶著一名助理模樣的人從裏面走了出來，傅華趕忙站起來，衝著曲向波喊了一聲：「曲董，您這是要出去啊？」

說著話，傅華就帶著湯曼迎了過去，接待小姐見他們這樣，趕忙從櫃臺裏面走出來，擋在傅華和湯曼面前，說：「先生，請不要這樣，你這樣我很難做的。」

這時，曲向波看到傅華，愣了一下，終究有些不好意思當面不理會傅華，就走了過來，笑著說：「傅董啊，您這是怎麼回事啊？」

傅華笑笑說：「是這麼回事，我來是想見一下曲董的，可是你們的小姐因為我沒有預約，就不幫我通報，把我擋在這裏了。」

曲向波笑笑說：「這您不要怪她，這是公司的規定。您來是為了跟我談豐源中心預售的事吧？」

傅華說：「是啊，曲董，那天吃完飯後，我就再也跟您聯繫不上了，心想該不是因為那天我招待不周，把您給得罪了吧？就想過來看看究竟是怎麼一回事。」

曲向波客套地說：「不是，傅董，您那天請客安排得挺好的，只是我最近事情比較多，就沒顧得上您這一邊，不好意思啊。」

傅華知道曲向波說忙只是個托詞而已，不過也不好當面拆穿，就笑笑說：「曲董千萬不要這麼說，我知道您管理這麼大一家公司，肯定是事務繁重的，抽不出時間來見我也很正常。不過，今天我們既然遇上了，是不是可以坐下來談一談這件事了啊？」

曲向波歉意地說：「傅董，十分抱歉，今天還是不行啊，我已經約好了跟人見面的，再耽擱的話就會遲到了，我們的事情改天吧。」

傅華明白曲向波是不想跟他談這件事，這一句改天又不知道會改到什麼時候去了，甚至再也聯繫不上曲向波也是可能的。他心裏難免有些著急，卻又捨不得這次機會，所以也不敢開口指責曲向波敷衍他。

一旁的湯曼卻沒有這麼多顧慮，看曲向波找藉口要走，就有些著急了，不顧禮貌地說道：「曲董，您怎麼說也是個大男人，別這麼敷衍我們好不好？您要是願意跟我們談，您就痛快的說個時間，我們到時候坐下來該怎麼談就怎麼談；您要是不願意談，那您也痛快的說出來，我們也不會逼著非要把辦公大樓強賣給您的。」

曲向波被說得愣了一下，看了一眼湯曼說：「傅董，這位小姐是？」

湯曼主動說：「我是傅董的助手湯曼，對不起曲董，我這個人性子急，受不了您這種磨磨唧唧的做法，怎麼樣，談還是不談？給句痛快話吧。」

曲向波不置可否地說：「這位湯小姐還真是有意思啊，你就不怕你這麼說惹我生氣，平鴻保險公司就不跟你們談了嗎？」

湯曼笑說：「我為什麼要怕啊？您如果真的有意要跟我們談的話，我的話就算是說得再不好聽，您也不會不跟我們談的；反之，如果您無意跟我們談的話，我就是說出個花來，您也不會跟我們談的。」

曲向波笑說：「湯小姐夠有膽色，不過，你就不怕攪黃了這筆生意，傅董會怪你嗎？」

曲向波說到這裏，轉頭看了傅華一眼，質問說：「傅董，是不是湯小姐說的話也代表您的意思呢？」

傅華雖然也擔心曲向波真的不跟他做這筆生意了，但是此刻他必須要支持湯曼，否則只會讓曲向波看他們兩人的笑話。傅華就點了一下頭，說：「是啊，曲董，她的意思就是我的意思。談還是不談，您就給個痛快話好了。」

曲向波聽了，說：「既然你們都這麼說了，那好吧，我也不就跟你們磨嘰了，我決定不跟你們熙海投資談這筆生意了。怎麼樣，傅董、湯小姐，你們滿意了嗎？」

湯曼搖搖頭說：「不滿意！其實我早就看出來您是個沒什麼魄力的人，既然想在黃金地段給平鴻保險公司建總部，卻又瞻前顧後，諸多顧慮，一點也不像個做大事的人；不過好在您總算說了一句痛快話出來了，避免以後我們還要為您浪費時間。那就再見吧，曲董。」

這下換成曲向波愣了一下，他本以為他說不買了，湯曼和傅華會態度放軟，乞求他收回這個決定的，哪想到湯曼根本就沒這麼做，還蔑視的說他沒魄力。被這樣年輕的小姐說他沒魄力，曲向波還真是有些下不來台了。

曲向波有些生氣地說：「湯小姐，請你說話客氣一點，誰沒有魄力啊？本來這筆生意我是想做的，但問題是你們的項目還存在諸多問題，據說現在連承建單位是誰都還沒有確定，我如果在這時候就跟你們簽訂合約，還得擔心把錢付給你們了，到時候卻收不到樓呢。」

湯曼搖搖頭說：「曲董啊，我對您真是太失望了，看來您不但沒有魄力，做什麼事情還很盲目啊，我真不明白您是怎麼當上這個保險公司的董事長的。」

湯曼這話就說得有點損人了，傅華覺得她有點過分了，就阻止道：「小曼，不要這麼對曲董說話，雖然這筆生意沒談成，但是買賣不成仁義在，我們還是要尊重曲董的。」

湯曼笑笑說：「傅哥，這不能怪我，我本來是很尊重曲董的，但是沒想到他做事會這麼不靠譜，這讓我就是想尊重他也尊重不起來啊。」

曲向波就有些火了，衝著湯曼說：「湯小姐，你把話說清楚一點，我怎麼做事情不靠譜了？如果你說出來的理由站得住腳，行，我就跟你們進行談判；但如果你說不出什麼理由，只是因為我決定不跟你們談這筆生意就遷怒於我，污蔑我做事不靠譜，那你可是要跟我道歉的。」

湯曼回說：「曲董，這個理由還用我說嗎，這不是明擺著的嗎？您怎麼說也是這麼大一間公司的董事長，不去調查事情的真實情況，僅僅憑一個據說，就來說我們熙海投資連項目的承建單位都沒確定就來跟您談預售，您這麼做不僅很荒謬，同時還嚴重的損害了熙海投資的商業信譽，您居然還要我道歉，我沒要求您道歉就不錯了。」

曲向波詫異地說：「熙海投資已經確定承建單位了？」

湯曼點點頭說：「是的，不知道您聽說過中衡建工這家公司沒有？」

曲向波說：「當然聽說過了，中衡建工是中字頭的建築集團，實力雄厚，你們不會是跟他們簽訂了承建合約吧？」

湯曼笑笑地說：「還真是這樣的，合約我都已經帶來了，原本我是準備在跟您談的時候出示給您看的，但沒想到您一個據說就直接否認這份合約了。曲董啊，您說我拿這個理由說您做事不靠譜，算不算是站得住腳的理由呢？」

「你們真的有合約？」曲向波疑惑的說：「可是我的朋友明明跟我說，你們是一家空殼公司，資金相當匱乏，甚至拿不出項目的建設資金，因此到現在都還沒有公司肯承接這個項目，要我慎重考慮是不是要跟你們簽訂預售合約。我就是因為這個才拖延著不跟你們進一步的接觸的。」

傅華沒想到居然有人在背後破壞熙海投資和平鴻保險公司的這筆交易，這很令他意外，難道曲向波說的這個朋友是齊隆寶？

不應該啊，起碼在這個項目走上軌道之前，齊隆寶是不應該搞什麼破壞的，因為齊隆寶是希望他把項目弄上正軌，然後再讓睢才燾接收這兩個項目。但是不是齊隆寶那又會是誰呢？

傅華看了曲向波一眼，說：「曲董，您能跟我說您這個朋友是誰嗎？」

曲向波搖搖頭說：「傅董，很抱歉，我無法把這個朋友是誰告訴您，他可能也是一番好意，我不能出賣他的。」

傅華說：「曲董，您不說我也不勉強，不過，我可不認為您這位朋友那麼說是一番好意，我看他這是想破壞我們這次的交易。中衡建工跟熙海投資的合約就在小曼的身上帶著呢，我現在就可以讓她拿給您看。」

湯曼就把合約拿出來讓曲向波看了合約的首頁和最後的簽章部分，讓曲向波確認合約確實是中衡建工簽訂的。

湯曼邊給曲向波看，邊說：「曲董，如果您對這份合約還有什麼不相信的地方，您可以直接打電話給中衡建工的董事長倪氏傑詢問他，熙海投資是不是已經跟他們簽訂合約，讓他們建設豐源中心和天豐源廣場這兩個項目的。」

曲向波看完，苦笑了一下說：「我相信這份合約是真的，對不起啊，湯小姐，我承認我這個人做事是有些不靠譜。」

湯曼趕忙賠罪說：「您可千萬別這麼說，我要請您原諒才是，我剛才的話說得很過分，我現在才知道您原來是被朋友騙了。」

曲向波搖搖頭說：「湯小姐不要這麼說，我也有不對的地方阿，我太盲目地相信朋友了，其實跟傅董瞭解一下究竟是怎麼回事是很容易的。不如這樣吧，傅董，明天上午九點，我會親自去海川大廈拜訪您，到時候我們再來具體談辦公大樓預售的問題，現在我可真的要走了。」

傅華笑笑說：「行，曲董，您有事就先去忙吧，我會在明天上午恭候您的大駕的。」

曲向波又笑著對湯曼說：「湯小姐，那我先走了。」

湯曼甜笑說：「您慢走。」

曲向波就帶著他的助理離開了。

傅華看了一眼湯曼，豎起大姆指說：「小曼，厲害啊，原本我還以為這件事沒戲了呢。」

湯曼笑笑說：「傅哥，這也要感謝你，我那時候還真擔心你會怪我惹惱了曲向波的。」

傅華搖頭說：「怎麼會，不管這件事結果如何，我都會無條件的支持你的，因為我知道不管你怎麼做，出發點都是為了熙海投資好的。」

湯曼感激地說：「謝謝傅哥對我的信任。誒，傅哥，你說究竟是誰在曲向波面前使壞的啊？」

傅華聳聳肩說：「那只有曲向波知道了。」

雖然傅華這麼說，但是他心中卻已經有了明確的懷疑對象了。首先，這個人一定是個能讓曲向波信服的人，不然曲向波也不會連查證都不查證就相信他的說法；第二，這個人一定是對他或者熙海投資有矛盾的人，也就是說這個人是認識他的。

基於以上兩點，這個人應該是他和曲向波兩人共同的朋友，而傅華跟曲向波之間的交集並不多，他們共同的朋友就更少了，從這方面去猜測的話，這個人的名字在傅華的心中大致呼之欲出了，應該就是那天去參加宴會的李凱中了。

李凱中之所以會這麼做的原因，傅華也能夠猜得到，肯定是因為那篇他和許彤彤車震的報導。請客的那天，傅華就看出來李凱中對許彤彤是有著濃厚的興趣，不管當晚他有沒有真的跟許彤彤車震，至少有一點是真實發生的，那就是他跟許彤彤確實有超出一般朋友的親密行為。

越是有權力的男人，對女人的獨佔心理越強。李凱中一定很不高興傅華去碰他喜歡的許彤彤的，因此想要破壞他的生意也就在情理當中了。這大概也就是傅華讓單燕平去問曲向波為什麼不再聯絡他，單燕平雖然答應了，卻遲遲不給他答覆的主要原因吧。

這下子單燕平恐怕也不會再投資什麼大戲捧許彤彤做女主角了吧，這倒是為許彤彤解決了一個不好處理的問題。

傅華正在想著李凱中的事時，手機響了起來，來電顯示是曲志霞的號碼，他趕忙接通了，說：「曲副市長，您找我有事啊？」

曲志霞笑笑說：「傅華，你在什麼地方啊，說話方便嗎？」

傅華說：「我在平鴻保險公司呢，說話算是方便吧。」

曲志霞奇怪地問：「你跑去保險公司幹嘛啊？」

傅華解釋說：「我在跟他們談一筆生意，想把豐源中心預售一部分大樓給他們做總部。您找我什麼事啊？」

曲志霞說：「是這樣的傅華，我需要你幫我留意一件事。」

傅華說：「什麼事？」

曲志霞說：「林蘇行剛剛跟我請假，說他要和妻子一起陪老丈人去北京治病，所以要去北京幾天。我需要你幫我做的事是，幫我留意一下林蘇行在北京的行蹤。」

傅華愣了一下，他不明白曲志霞讓他這麼做的用意，林蘇行來北京陪老丈人看病，這有什麼好留意的啊，難道說他老丈人的病還涉及到什麼秘密不成？

傅華有些困惑的問道：「曲副市長，我是可以幫您留意，只是我不明白您究竟讓我留意什麼啊？」

曲志霞嘆說：「傅華，有些事情你還不知道，早上我跟姚巍山大吵了一架。他要我同意海川市財政為他引進的那家伊川集團貸款進行抵押擔保，被我嚴詞拒絕了。」

傅華訝異地說：「姚市長居然要海川市財政為伊川集團擔保？他對這家公司的支持力度還真是大啊。」

曲志霞哼了聲說：「我猜這裏面肯定有什麼貓膩，這家公司是他那個騙子朋友李衛高帶到海川市的，也不知道這家公司通過李衛高給了姚巍山多少好處，反正姚巍山為了這家公司還真是下了大力氣了，又是跑貸款，又是要求海川市財政提供抵押擔保，為此還把海川建行的行長李成華給抓了起來。」

傅華說：「李成華的事我也聽說了，姚市長玩的這一手可真夠狠的。」

曲志霞說：「是啊，姚巍山的手段確實是夠狠辣的，李成華倒楣就倒楣在他給了姚巍山一個軟釘子碰了；而我這次是直接給他當面頂了回去，我想姚巍山心中肯定是恨死我了，他一定會想辦法來整我的，巧合的是，林蘇行這個姚巍山的奴才卻在這時候說要去北京。」

傅華聽了說：「您覺得林蘇行這次來北京是針對您來的？」

曲志霞說：「對啊，我有一種預感，林蘇行這次去北京很可能是衝著吳傾被殺那件案子去的。」

傅華質疑說：「不會吧？那件案子除了您和我之外，海川市基本上是沒有別人知道的。」

曲志霞嘆了口氣說：「這世上沒有不透風的牆，事情既然發生過，就不會一點痕跡都不留的。現在網路這麼發達，我想姚巍山和林蘇行這兩個傢伙肯定是發現了什麼與我有關的事。」

曲志霞這麼說，傅華也認為存在這種可能性。傅華留意過網路上關於吳傾被殺的帖子，其中有些人對事件的分析十分精準到位，推斷的跟實際發生的事實十分符合。這些帖子雖然沒有直接點名曲志霞與這件事有關，但是提到了吳傾一位女性的研讀在職博士的學生，傅華一看就知道這個女學生是在影射曲志霞。姚巍山和林蘇行都不是笨人，如果他們看到這些帖子，一定會據此發現曲志霞與吳傾被殺的關聯的。

傅華說：「我明白了曲副市長，我會幫您留意林蘇行的行蹤的。」

曲志霞感激地說：「先謝謝你了，傅華，有什麼情況隨時跟我聯繫。」

傅華答應說：「好的，曲副市長，如果我發現林蘇行有什麼異常，一定會及時跟您彙報的。」

曲志霞就掛了電話，傅華想了一下，把電話撥給萬博。當初傅華找萬博幫過忙，把曲志霞與這件事情有關聯的部分從筆錄當中給抹去，傅華就擔心林蘇行會從警方入手，又把曲志霞的事情給扒出來。

萬博接了電話，說：「什麼事啊，傅華？」

傅華說：「是這樣的，萬隊長，您還記得上次那個吳傾被殺的案子嗎？」

萬博說：「記得啊，怎麼了？」

傅華說：「我聽到一個消息，有人想要查這個案子，主要是這個案子涉及到我們市裏那位副市長，我怕這件事可能給您帶來一些麻煩，所以想提醒你一聲。」

萬博聽了，立即說：「不用說，一定是有什麼人想整那位副市長了。想得倒挺美的，北京這一畝三分地還輪不到他們來為所欲為。你放心好了，我會把這件事處理好的，保證他們什麼都查不到的。」

傅華知道，林蘇行如果要想查曲志霞與吳傾的關聯，一定會從兩方面入手，北京警方的說法有足夠的證明力，只要能控制住警方，讓林蘇行無法追查的話，即使林蘇行從北大那邊查到什麼，也是沒什麼用的。

傅華就感謝地說：「那謝謝您了，萬隊長。」

結束通話後，等在一邊的湯曼忍不住說：「傅哥，你這個駐京辦主任可真是夠忙的，怎麼什麼事情都要管啊？居然還扯上命案，簡直成了什麼了。」

傅華趕忙澄清：「小曼，你別瞎說，我可沒涉及那件命案啊，是我們市裏一位領導行為不謹慎，不小心牽涉進去了罷了。行了，這些事就不用你操心了，我們趕緊回去研究一下，好準備明天跟平鴻保險公司的談判吧。」

因為有李凱中這個因素的存在，也就給平鴻保險公司和熙海投資之間的這筆生意蒙上了一層陰影，因為李凱中所處國資委副主任的位置，絕對可以影響到曲向波的決定，所以即使是曲向波明天親自來海川大廈，也不代表這筆生意就一定能夠做成，所以傅華認為一定要精心準備好明天的談判資料，要拿出一份既不讓步太大，又有足夠能夠讓曲向波不受李凱中影響的方案出來，才能確保這筆交易圓滿達成。

第九章

同命鴛鴦

羅西男聽了，嘆說：

「唉，我爸都還沒立遺囑呢，我卻要搶在他前面安排後事了。好在不管怎麼樣，都會有你陪著，我也就沒什麼好害怕的了。」

傅華笑說：「那我們豈不是成了一對同命鴛鴦了。」

剛回到駐京辦的辦公室，傅華就接到姚巍山的電話，姚巍山交代說：「傅主任，有件事我需要跟你說一聲。」

「請姚市長指示。」

姚巍山說：「是這樣的，林副秘書長明天要陪同他的岳父到北京去治病，這是他對老人的一份孝心，所以我覺得市裏應該多給他一些幫助才對。」

傅華笑了笑說：「市長想讓我們駐京辦怎麼做啊？」

姚巍山說：「我沒別的什麼意思，就是想說給老人提供一些方便，比如聯繫一下醫院，住宿方面的條件安排得儘量好一點。」

傅華一口應承說：「行，姚市長，我會按照您的指示辦好這件事的。」

結束通話後，傅華就把羅雨給叫了來，交代說：「小羅啊，剛才姚市長打電話來，說明天市政府副秘書長林蘇行要來北京陪他岳父看病，你到時候帶部車去機場接一下他們，在駐京辦的住宿幫他們安排好一點；還有啊，看看老人的病是關於哪方面的，然後根據情況幫他們聯繫一下醫院。」

傅華知道駐京辦對這次接待不能等閒視之，林蘇行是姚巍山的親信，姚巍山還親自打電話來交代了，因此要做好妥當的安排才行，否則很容易就會因此惹惱了姚巍山的。

這倒不是說傅華怕姚巍山，而是像姚巍山這種小人，傅華覺得能不得罪還是不要得罪的好，官場上有一句關於小人的至理名言：「要想成事，必須要多跟小人做朋友，因為小人也許不能幫你什麼忙，卻很容易就能破壞掉你要做的事的。」

羅雨也知道林蘇行跟姚巍山的關係，就點點頭說：「行，主任，我會儘量安排得讓林副秘書長滿意的。」

第二天上午九點，曲向波帶著助理準時的出現在海川大廈。

傅華和湯曼向曲向波出示了豐源中心的設計規劃圖紙以及相關的資料。在說明的過程中，傅華一直觀察著曲向波臉上的表情，想看看曲向波是不是真的對這個項目感興趣，還是只是過來敷衍他們一下。

看得出來曲向波聽得很認真，也問得很仔細，並不像是走過場的樣子，傅華的心多少放下來一些，曲向波似乎並沒有受李凱中太大的影響。

傅華這幾天在網路上搜過李凱中的資料，他果然是國資委的副主任，而且在國資委網站上顯示的領導當中排名第三位，算是一位有實權的領導人。

對於平鴻保險這種還在成長中，規模不算太大的國企來說，李凱中算是相當有影響力了。

資料展示完之後，傅華便對曲向波說：「曲董，基本的情況我們已經向您介紹完了。至於這一區的房價走勢，我想您事先肯定調查過，我就不再跟您介紹了。」

曲向波點點頭說：「這個區域的房價我心中已經有數了。」

傅華接著說道：「眼下可以確定的是，這個區域的大樓房價正呈現出上升的趨勢，如果平鴻保險公司現在就預購的話，我想等到將來正式交屋的時候，光是升值部分就是一個很可觀的數字。」

傅華說的是事實，北京的房價在經過一個短暫的盤整之後，現在重拾升勢，一些核心地段的房價更是以令人驚訝的百分比在上升，令許多看空北京房價的專家大跌眼鏡。

傅華認為，北京房價上漲是有一些深層次的原因的，北京作為中國的首都，以及經濟和文化的中心，彙集了全國的優質資源，自然吸引了來自全國各地的人。它的人口已經接近兩千萬，嚴重的超過了土地的最大承載能力。在人口密度這麼大而且還在不斷增加的情況下，房子自然是供不應求，房價上漲也就成了一種必然了。

湯曼在一旁說：「是啊，曲董，這絕對是一筆值得做的生意，熙海投資如果不是資金不寬裕的話，我們是絕不會對外預售的。」

曲向波在商言商地說：「傅董，湯小姐，話可不能這麼說，房價這個東西是很難預測的。從市場規律來看，世界上沒有只會單邊上漲的商品，房價也是一樣，現在北京的房價漲幅已經很大了，專家都說這個漲幅難以維持，因此很難說兩年後你們交屋的時候，房價就一定會比今天要高的。」

傅華抱持不同意見說：「曲董，如果這裏地處朝陽區的邊緣地帶，您說的可能有道理，但這裏可是朝陽區的核心地帶，這樣的地段已經很難再找到，應該算是稀缺資源了。據我所知，這裏一年前的辦公大樓均價才三萬多一平米，現在已經快要上看到五萬了，一年間這裏的房價就上漲了百分之五十，這個數字光是想想就很驚人。」

曲向波聽了笑說：「好了傅董，我們不要再去討論房價將來是漲還是跌了，這是個沒辦法得出確切結論的問題，您就實實在在的說吧，您要給平鴻保險公司的價格是多少好了。」

傅華說：「不知道貴公司準備購買多少面積呢？」

曲向波想了想說：「就我們公司初步估算，大約需要七萬平米。」

傅華又問：「貴公司準備什麼時候付款呢？」

曲向波說：「如果熙海投資給的價錢公道的話，我們準備在簽訂意向合約的時候，先付百分之三十，剩餘部分等大樓交付使用的時候一筆付清。」

傅華搖搖頭說：「曲董，您這個付款週期可是有點長。您應該知道現在房屋開盤出售的操作方式，一開始，開發商是會給與購買者相當的優惠，越往後面，這個價格就會越高，等到交付使用的時候，價格會比一開始開盤時高出很多的。」

曲向波便說：「那傅董開個價碼和付款方式出來，我看看能不能接受好了。」

傅華釋出誠意說：「如果貴公司三天內支付房屋款項的百分之五十，剩下的百分之五十，半年之內付清的話，我願意按照四萬一平米的優惠價格出售給貴公司七萬平米。」

湯曼聽了立即說：「誒，傅哥，你這個讓步可是有點大了，一平米讓了將近一萬塊出去啊，將近是百分之二十的讓利啊。」

傅華笑笑說：「我不大點讓步，恐怕平鴻保險公司也不會同意這麼早就付款的。曲董，我這個條件夠優惠了吧？」

曲向波笑說：「傅董，您很有氣魄，這個利讓得不可謂不大。但是半年時間你要讓我們付二十八億的資金，對我們公司有些困難。」

傅華說：「曲董啊，您就不要在我面前喊窮了，我知道貴公司雖然創立不久，但是業務拓展的卻極快，短時間內就已經將營業點覆蓋全國了。就我看，別說半年時間了，就是現在讓貴公司付清這二十八億，恐怕也不是什麼難事吧？」

曲向波佩服地說：「看來傅董事先對平鴻保險公司做過一番瞭解啊。」

傅華說：「知己知彼方能百戰百勝。這樣吧，曲董，一下子讓您做出決定可能也不太現實，我給您二十四小時的考慮時間，明天這個時間之前，我開出的這個條件始終是有效的，但是超過時間的話，您再要購買的話，付款時間不變，但價格要上浮百分之十。」

曲向波遲疑了一下，說：「傅董，您這個要求有點太苛刻了，二十四小時是很短暫的，想要在這麼短的時間內讓公司董事會同意接受這個條件，恐怕是不太可能的。」

傅華說：「我也知道有些困難，所以我才做出那麼大的讓步。我相信曲董還是有辦法讓貴公司的董事會接受這個條件的。」

湯曼在一旁敲邊鼓說：「曲董，您已經看到我們公司和中衡建工簽訂的承建合約了，應該知道熙海投資在建設方面的資金需求已經解決了，現在熙海投資所需要的是前期全面啟動的一些營運資金，這筆資金，熙海投資可以透過預售給貴公司來解決，也可以循其他管道解決的。」

傅華笑說：「是啊，曲董，如果您要等我們把前期的資金需求都解決了再來談的話，恐怕價格就不僅僅是上漲百分之十了。」

曲向波不禁搖頭說：「兩位做生意真是精明啊，好吧，我會回去緊急召開董事會，研究這件事情的。不過，傅董啊，還有一件事，錢我們公司可以先支付給你們，但是如果到期你們無法交付大樓給我們的話，要怎麼辦呢？」

傅華說：「這個我想曲董多慮了，合約是有罰則的，如果違約，我們熙海投資是要承擔違約責任的；而且這個項目本身的價值應該超過了你們付出的二十八億，所以你們也不用擔心到時候無法得到賠償的。」

曲向波點點頭說：「這倒也是。好吧，傅董，今天就這樣吧，我要趕緊回去跟公司的董事們商量一下，看他們接不接受您這個方案。」

曲向波就帶著助理離開了。

湯曼卻有些質疑地說：「傅哥，這件事你好像搞得有點急啊，讓步也有點太大，需要這個樣子嗎？」

傅華說：「我也知道有點倉促，不過你也看到了，有人並不想我們和平鴻保險公司做成這筆交易，只有縮短曲向波做出決定的時間，才能避免一些不利因素對他的干擾。」

湯曼點了一下頭，說：「這倒也是，不過，也不用讓出那麼大的利益給他們啊？」

傅華笑笑說：「只有這樣才能對平鴻保險公司構成足夠的誘惑啊，其實細算，我們做出的讓利也不算太大，他們要提前兩年將二十八億的資金支付給我們，這二十八億，兩年的貸款利息就應該在百分之十幾了，扣掉貸款利息，我們做出的讓利其實就沒多少了。再說，我們現在雖然已經跟中衡建工達成了墊資協議，但是項目本身還有很多問題要解決，我們如果能夠拿到這筆資金，基本上我們就可以無需再擔心資金的問題，累積下來的一些問題也可以得到解決。」

「我明白了傅哥。」湯曼領悟地說。

傅華又說：「小曼，現在項目已經基本走上了正軌，以後你恐怕要多擔一些責任了，我準備把熙海公司交給你全面負責，就由你來做熙海投資的總經理吧。」

湯曼愣了一下，搖搖頭說：「傅哥，這我可不行啊，我從來沒擔過這麼重要的責任的。」

傅華鼓勵說：「別這麼對自己沒信心，你看你處理曲向波的這件事不是處理得很好嗎？再說，你看我，我以前也沒處理過像這麼大投資的項目，但是事情做下來，一個一個的問題還不是都解決了嗎？船到橋頭自然直。」

隨著熙海投資的問題一個個都得到了解決，來自齊隆寶的危險就變得越來越臨近了，傅華到現在還是沒有找到能夠將齊隆寶解決掉的好辦法，這時候他不得不做最壞的打算。他不希望一旦他遭遇到什麼不測，熙海投資這兩個項目落到睢才燾和齊隆寶的手中，這是他費了很大的心血才搞起來的成果，怎麼能夠便宜了這兩個混蛋呢？

湯曼的能力足可以管理好熙海投資，而湯曼父親的影響力也可以保證湯曼管理下的熙海投資不會受到齊隆寶和睢才燾這兩個混蛋的不法侵害。因此，把熙海投資託付給湯曼，絕對是最好的安排。

傅華私下裏已經找了律師，做好了一份全權委託書，委託湯曼在他不能管理公司的情況下，全面管理經營熙海投資公司。這算是傅華布下的對付齊隆寶和雎才燾的最後一步棋了。

湯曼慎重地點了點頭，說：「好吧，傅哥，既然你想讓我做，那我就試試看吧。」

傅華笑著拍了一下湯曼的肩膀，說：「我相信你一定會把熙海投資管理得很好的。」

這時羅雨敲門走進來，傅華問：「小羅，你把林副秘書長接來了嗎？」

羅雨點點頭說：「已經接過來了，安排他們入住了海川大廈，醫院我也幫他們聯繫好了，今天休息一下，明天林副秘書長就可以帶著他岳父去醫院進行檢查了。」

傅華稱讚說：「那就好，一會兒你陪我去看望一下他們吧。」

傅華就讓湯曼先回去，自己跟羅雨去林蘇行和他家人入住的房間探望。

雖然知道林蘇行這個人很久了，但是傅華還是第一次面對面的見到這個人。

一見面，傅華跟林蘇行握了握手，說：「不好意思啊，林副秘書長，我今天上午有一個很重要的會談要進行，所以就沒到機場去接你。」

林蘇行上下打量了一下傅華，對他來說，這個傅華算是海川市的一個傳奇人物，這傢伙不但在北京發展的風生水起，在海川風頭也是一時無兩，一個小小的駐京辦主任居然讓海川市的市委書記和市長都對他敬畏三分，對此林蘇行不得不佩服萬分。

另一方面，林蘇行對傅華也是不無嫉恨的，他給姚巍山出的幾次主意，都是被他給挫敗了。讓姚巍山對他頗有意見，甚至說他出的都是餿主意，更令林蘇行忿忿不已。

林蘇行假笑了一下，說：「傅主任真是太客氣了，你安排羅副主任接待我們，我已經很感激了，怎麼還敢再勞你的大駕呢。」

寒暄了幾句之後，傅華又問了一下林蘇行岳父的病情，看看時間差不多到了吃飯的時候，就又陪著林蘇行一行人在海川風味餐館吃了午飯，算是給足了林蘇行的面子。

下午，傅華去了豪天集團，找到羅茜男，把熙海投資和平鴻保險公司接近達成預售協議的事跟羅茜男作了報告。他剛講完這件事，睢才燾就敲門走了進來。

傅華故意取笑說：「睢少啊，你跟你女朋友跟得可夠緊的，不會是怕我給你撬了吧？」

睢才燾哼了聲說：「茜男才不會上你的當呢，誒，傅主任，你不在熙海投資忙項目的事，跑來豪天集團瞎轉悠什麼啊？」

傅華笑笑說：「是有件好事要跟羅總通報一聲，熙海投資即將要和平鴻保險公司達成一份預售協議，金額二十八億，半年內付清。」

睢才燾拍了拍手，說：「這是好事啊，想不到啊傅主任，你還真有兩下子，這麼快就讓項目取得效益了。」

傅華笑笑說：「這是因為我體諒羅總的心情，我知道羅總現在心中一定很著急。」

羅茜男愣了一下，說：「傅華，我不懂你這話什麼意思，我什麼時候著急了？」

傅華反問說：「難道你不急著趕緊拿到錢，好把睢少從豪天集團趕出去嗎？」

羅茜男瞪了傅華一眼，氣急敗壞地說：「你胡說八道什麼啊，我跟才燾好著呢，為什麼要把他趕出豪天集團啊？」

傅華笑說：「把睢少趕走了，不正好給我騰出位置來嗎？」

睢才燾的臉色變了，雖然傅華說話的語氣像是在開玩笑，但卻是在暗示現在熙海投資那兩個項目的資金問題已經得到解決，羅茜男是時候考慮把他從豪天集團給踢出去了。

睢才燾當然是不甘心了，他瞪了傅華一眼，說：「傅主任，你別想美事了，我當初投資豪天集團，是準備讓我的資金在豪天集團長期經營的，可不是有點小收益就會退出的。」

羅茜男也白了傅華一眼，說：「傅華，你開玩笑也要有個分寸，可別妄想借此來挑撥我和才燾的關係，我可沒有趕才燾離開豪天集團的意思。」

傅華笑笑說：「好了，羅茜男，你也知道我那是開玩笑，不用給我這麼大的白眼看吧？」

羅茜男喝斥說：「活該，誰叫你嘴那麼賤呢。」

傅華告饒說：「好了好了，受不了你。我要講的事情已經講完了，我要走了，你們繼續恩愛好了。」

羅茜男笑笑說：「你這傢伙嘴就不能老實一點嗎？不過看你過來通報了

一個好消息的份上，我送你出去吧。」

傅華故意對睢才燾說：「睢少，你放心讓羅總送我嗎？要不一起吧。」

睢才燾本來有意想跟羅茜男一起去送傅華的，他不想讓傅華和羅茜男有單獨交談的機會，但是傅華這麼一說，他就不好跟著去了，只好自找臺階說：「傅主任，你想得倒美，你還沒到能讓我們倆一起送你出去的身分吧。」

睢才燾就離開了羅茜男的辦公室。

一脫離睢才燾的視線，羅茜男就立馬瞪了傅華一眼，說：「以後不准再拿我和睢才燾開玩笑了，我已經受夠這一切了，你再這個樣子的話，我可要跟你翻臉啦。」

傅華討饒說：「好，不會了。不過你也考慮一下我剛才說的話，如果平鴻保險公司的錢進來的話，你是不是真的可以把睢才燾請出豪天集團了？他如果被趕出豪天集團，熙海投資那兩個項目也就與他無關了。」

羅茜男搖搖頭，嘆了口氣說：「那肯定是不行的，睢才燾一定不會同意在這時候退出的。如果硬逼著他退出的話，我擔心他會提前發動對付我們兩個的陰謀的。」

傅華想想也是，就說：「可是就算他不提前發動，項目的問題現在已經逐步得到解決，他已經不太需要用到我們什麼了，齊隆寶就會很快對我們下手。羅茜男，恐怕你要做一些萬全的準備才行。」

羅茜男看了傅華一眼，說：「你這麼說，就是你已經作好安排了？」

傅華點點頭說：「是的，我已經讓律師幫我準備好書面的憑證，萬一我遭遇不測的話，熙海投資就會交到我信任的人手中去，確保這一切不會落到齊隆寶和睢才燾的手中。」

羅茜男聽了，嘆說：「我也做了安排了，唉，這事情真是滑稽，我爸都還沒立遺囑呢，我卻要搶在他前面安排後事了。」

傅華笑笑說：「這是一種預防措施，並不一定會成真的。」

羅茜男搖搖頭說：「傅華，你別來安慰我了，這種事情我很能看得開的。好在不管怎麼樣，都會有你陪著，我也就沒什麼好害怕的了。」

傅華笑說：「那我們豈不是成了一對同命鴛鴦了。」

這次羅茜男罕見的沒有因為傅華的調笑呵斥傅華，反而說：「你想跟我做同命鴛鴦我沒意見，反正你長得這麼帥，跟你做同命鴛鴦我也不吃虧啊。」

傅華沒想到羅茜男會這麼說，愣了一下，心情越發沉重起來，隨即開玩笑的說：「那我豈不是吃大虧了？我可不想要一個脾氣這麼暴躁的女人做伴。」

羅茜男忍不住抬手狠捶了傅華肩膀一下，笑罵道：「滾一邊去，你還挑肥揀瘦呢，我不嫌你就不錯了。」

說話間，兩人出了豪天集團，來到傅華的車旁。

傅華看了羅茜男一眼，笑笑說：「做同命鴛鴦的事，我們還是放到幾十年之後再考慮吧，我更希望能夠活得好好的看著齊隆寶和睢才燾倒楣，所以我們還是趕緊想辦法看看怎麼去對付齊隆寶才是正經的。誒，羅茜男，黃董那邊沒查到什麼消息嗎？」

羅茜男搖了搖頭，說：「我也在著急這件事，不過目前還沒什麼動靜，想來要在美國調查也不是那麼容易的。」

傅華交代說：「你要繼續密切注意那邊的消息，如果傳來什麼關於楚歌辰的資料，隨時回報給我。」

羅茜男答應說：「好的。」

傅華說：「那我回去了，對了，最近這段時間你出入要多注意安全，身邊最好不要離開人。」

羅茜男神色凝重地說：「我明白，你也一樣，要多保重，千萬別讓齊隆寶那混蛋有機會下手。」

傅華就上了車，讓王海波開車送他回駐京辦。

在車上，他接到萬博的電話。

萬博說：「傅華，你提醒的很及時啊，今天下午就有人透通過關係要調閱吳傾被殺的案卷。」

傅華心想：林蘇行的動作倒挺快的，上午剛到北京，下午就開始調查曲志霞與吳傾的關係了。

他趕忙問道：「那萬隊長，您讓他調閱成了沒有啊？」

萬博笑笑說：「人家既然這麼辛苦跑來北京調閱案卷，我怎麼好意思讓他調閱不成啊？我讓他看了，只是這個案卷事先我已經審查過了，確定不會牽涉到你那位朋友的。」

萬博這麼處理很高明，如果不讓林蘇行調閱案卷，反而會讓林蘇行更加懷疑曲志霞牽涉到吳傾的命案。這樣讓林蘇行看了案卷，雖然他不一定會完全消除懷疑，卻可以讓他知道警方的資料中並沒有涉及到曲志霞。

傅華感激地說：「萬隊長，這件事讓你費心了。」

結束跟萬博的通話後，傅華就打電話給曲志霞，把林蘇行調查吳傾的事跟曲志霞作了報告，曲志霞聽完，恨恨地說：「這個混蛋居然真的敢在背後調查我！等著吧，回頭我會好好收拾他的。」

傅華提醒說：「曲副市長，我朋友已經跟我確認，北京警方的案卷中不會牽涉到您什麼，不過，如果林蘇行到北大調查的話，我可是無法掌握他究竟會查到什麼的。」

「傅華，你能幫我到這個程度我就很感激了。」曲志霞冷笑一聲，說：「北大就讓他去查好了，吳傾現在已經被殺了，我就不信他還能查到什麼有證據來。」

想想也是，男女偷情這種事，除非是捉姦在床，或者是一方出來指證，否則就算是傳言再多，也無法證明有偷情的事實存在。

傅華說：「曲副市長，我會繼續注意林蘇行的行蹤的，有什麼異常，再及時跟您彙報。」

第二天，曲向波帶著助理再次出現在海川大廈，對傅華說：「傅董，經過公司董事會研究，我們同意按照您的條件，購買七萬平米的辦公大樓。」

傅華終於鬆了口氣，他知道達成這筆協議之後，熙海投資旗下的這兩個項目最艱困的時期就算是過去了，資金的難題得到了解決，接下來按部就班的進行建設就好了。

傅華就跟曲向波握了握手，說：「曲董，那我們就合作愉快了。」

雙方於是正式簽訂了意向書，平鴻保險公司同意三日之內支付十四億給熙海投資，作為購買豐源中心辦公大樓的預付金。半年之後，再向熙海投資支付剩下的十四億。

雙方簽字蓋章，合約算是正式生效了。傅華這時注意到，曲向波臉上雖然帶著笑容，但是眉頭卻是微微皺著，似乎是在擔心著什麼事，他隱約猜到可能又是那個李凱中干擾過這件事。

傅華就讓湯曼和曲向波帶來的助理先出去一下，說他有話要單獨跟曲向波談。

曲向波愣了一下，以為傅華是要給他額外的回扣，馬上表態說：

「傅董，如果您是想對我表示點什麼的話，那就不要了，我這個人對自己工作的收入已經很滿意了，並不想沾惹一些上不了臺面的東西。」

傅華笑說：「曲董，您誤會我了，我也不是那種愛搞臺面下交易的人，再說，我們的交易現在已經達成了，也沒有必要再向您行賄了吧？」

曲向波笑了，說：「這倒也是，那您想跟我談什麼啊？」

傅華說：「曲董，做成這筆交易之後，我們就將會成為長期相處的朋友了，我有幾句朋友間的話想跟您聊聊，沒問題吧。」

曲向波爽快地說：「沒問題啊。」

於是曲向波示意他的助理先離開傅華的辦公室，湯曼就招呼著助理出去了。

第十章

水落石出

傳華笑說：「我想有了您這份資料，
事情應該到了一個水落石出的時候了。」
胡瑜非看了一眼傳華，說：「那你就更要小心些了，
越是這個時候，齊隆寶為了阻止你揭發他的真面目，
越是可能對你下殺手的。」

此時四下無人，曲向波就看向傅華說：「傅董想說什麼話，現在可以說了。」

傅華探問說：「曲董，我看你眉宇之間似有隱憂，是不是李凱中又向您施加壓力了？」

曲向波吃驚了一下，隨即說：「傅董真是聰明人啊，您是不是早就看出來跟我說熙海投資有問題的人是李凱中啊？」

傅華承認說：「是，因為我們共同的朋友只有李凱中和我那位老同學單燕平，而單燕平只是個商人，她還不足以讓您那麼相信她，只有這位國資委的副主任，才有那種能讓您相信並且能讓您感到壓力的權威。」

曲向波笑笑說：「是啊，您猜得不錯，就是他。也真是奇怪，這件事本來是他從中牽線的，沒想到到後來反而是他想要破壞這件事。」

傅華揭開謎底說：「我想曲董肯定不愛看報紙的娛樂版吧？」

曲向波奇怪地說：「這兩者之間有關係嗎？」

傅華說：「有關係，你如果愛看報紙的娛樂版，肯定早就知道李凱中這麼做的原因了。這裏面的原因很簡單，是我的一些不檢點的行為惹惱了李凱中。」

曲向波也是個很聰明的人，馬上就想通了其中的關竅在什麼地方了，就說：「傅董，這件事該不會跟那天晚上出席晚宴的許彤彤小姐有關吧？」

傅華笑說：「對，就是與她有關。那天我送許彤彤回公司宿舍，在她公司門前，被一位狗仔拍下了許彤彤親了我一下的鏡頭，後來報紙的娛樂版上就胡亂報導說我和許彤彤在車震。」

曲向波笑說：「那就難怪了，那晚在宴會上我就看出來李凱中很喜歡許彤彤，您碰了他喜歡的女人，他自然會對您心生恨意了。」

傅華說：「我之所以不惜做出那麼大的讓步，急著跟您簽訂合約，就是擔心李凱中因為恨我，會向您施加壓力，干擾這件事。」

曲向波恍然大悟說：「您可真是有夠狡猾的，給了我那麼大一個誘餌，讓我捨不得放棄跟熙海投資的合作。」

傅華笑說：「不是我狡猾，而是這裏面有足夠讓您心動的利益吧？」

曲向波點了一下頭說：「這倒也是，我們公司的董事們都認為，放棄這次的機會，平鴻保險公司的總部就再也無法建在北京的核心地帶了，這可是關係到公司未來的發展；也是我明知道李凱中會因為我跟你們合作而對我有所不滿，卻依然跟你們簽訂合約的主要原因啦。」

傅華說：「看曲董的樣子，似乎李凱中已經不僅僅是對您不滿了吧？」

曲向波坦承說：「我低估了李凱中想要破壞這件事的決心。原本我以為經過董事會的決議，他就不會再來干擾這件事了，結果昨晚他給了我一個電話，向我大發雷霆，說我是拿了您什麼好處了，所以才不顧他的反對，主導公司的董事會通過這項決議。」

傅華不禁罵說：「這傢伙是不是有病啊？他有什麼證據能證明我向您行賄了？」

曲向波笑說：「這些領導就是這個樣子的，他不在乎什麼證據，只要他是這麼認為的，他就覺得這是事實了。你知道他最後要求我做什麼嗎？」

傅華看了曲向波一眼，猜說：「不會是讓你重新召開董事會，撤銷跟我們預購的這份決議吧？」

曲向波點點頭，說：「他就是這麼要求的，還威脅我說，如果我不這麼做的話，他會讓我後悔的。」

傅華不可置信地說：「這些領導們，做事還真是不經大腦，董事會的決議怎麼能想通過就通過，想撤銷就撤銷呢？他以為他是誰啊！」

曲向波說：「是啊，如果我真的按照他的要求這麼做了，我在公司還有什麼威信可言啊？所以我最後思量再三，還是決定來跟您簽訂這份協議。」

「我很感謝您的這份堅持。不過這樣一來，您可就把李凱中給得罪了，恐怕今後他會不斷地找您麻煩的。」傅華憂心忡忡地說。

曲向波苦笑了一下，說：「這恐怕是難免的了，他要找就讓他找吧，不管怎麼說，我是為公司做了一件好事。」

傅華沉吟了一下，如果說他在知道李凱中干擾他跟曲向波接觸時還沒怎麼生氣的話，現在他心中卻是很惱火的，因為李凱中實在太過分了，這傢伙居然非要破壞熙海投資和平鴻保險公司這筆交易。

李凱中不就是一個國資委的副主任嘛，這傢伙還真把自己當做一個人物了啊？傅華心裏冷笑一聲，說：北京這地方別的不多，大官可多的是，我就讓你知道知道這地面上還有能管得了你的官！

傅華很想立刻去找楊志欣，讓楊志欣出面幫他教訓一下李凱中。不過隨即他就放棄了這個想法，一來這有點仗勢欺人，楊志欣不一定會願意出這個面；二來，收拾李凱中這種角色，似乎也不用動用到楊志欣，他自己也可以。傅華就說：「曲董，李凱中這件事我來處理吧，我保證以後他不敢再找您的麻煩的。」

曲向波有些擔心的說：「傅董，您可千萬別動用一些過分的手段啊，這件事如果鬧大了的話，我恐怕會更加難做的。」

傅華安撫說：「曲董，這您放心，我不會對李凱中動用什麼非法手段的，我只會托朋友跟他講講道理。」

曲向波失笑說：「傅董啊，這些領導如果肯聽您講道理的話，那他就不是領導了。」

傅華笑笑說：「也不能一概而論，我這個朋友講的道理是很通透的，我想李凱中應該會接受的。」

曲向波狐疑地看著傅華說：「傅董，您的意思不會是說，您這位朋友能夠讓李凱中不得不接受他講的道理吧？」

傅華賣著關子說：「也可以這麼說。」

曲向波笑說：「如果您真能做到這一點，您這個朋友我就交定了。」

傅華也笑笑說：「您不想交定也不行啦，現在我們算是在同一條船上，您如果有什麼麻煩的話，我也不好過的，所以我們必須要同舟共濟。」

這也是傅華想收拾一下李凱中的主要原因，如果曲向波因為李凱中而遭遇到什麼麻煩的話，也會影響到熙海投資和平鴻保險公司協議的履行，也就會影響到熙海投資的利益，這是傅華不願意看到的。

曲向波點了一下頭，說：「是啊，我們現在應該同舟共濟才對。傅董，我現在覺得跟熙海投資簽訂這份協議是很值得的，起碼交到了您這個值得交的朋友。」

送走曲向波後，傅華就讓王海波送他去興海集團總部。

單燕平看到他，意外地說：「咦，老同學，你怎麼突然跑來了啊？」

傅華笑說：「我突然跑來，是想防止你對我避而不見的。」

單燕平愣了一下，隨即說：「老同學，你這話說的可是讓人有點莫名其妙啊，同學之間什麼事情不好處理啊，我怎麼會對你避而不見呢？」

傅華正色地看著單燕平說：「老同學，你這話就言不由衷了吧？既然同學間什麼事情都好處理，那你怎麼不告訴我是李凱中在阻撓曲向波跟我的見面啊？」

「你都知道了啊？」單燕平尷尬地說：「其實這件事要怪你，那天宴會上，你不是沒看到李凱中對許彤彤很喜歡，這種情況下，你應該跟許彤彤保持距離才對，結果你倒好，還跟許彤彤玩起車震來，哎，你跟許彤彤玩車震也沒關係，但是不該讓記者給報導出來啊，這讓李凱中的面子往哪兒擱啊？」

傅華質問說：「老同學，你是不是還想說，既然我知道李凱中喜歡許彤彤，我就應該把許彤彤送上他的床，讓他隨意玩弄？你這些年是不是就是這麼做生意的啊？」

「誒，你怎麼說話的啊？」單燕平有些生氣了，不平地說：「我幫你介紹平鴻保險公司也是一番好意，你怎麼反倒這麼來說我啊？」

傅華搖搖頭說：「如果這件事情當中沒有許彤彤的因素，我承認你確實是一番好意，但是有了許彤彤的因素，那你是不是好意就很難說了，我可從來沒想過要出賣自己的朋友去給別人玩弄。」

單燕平冷笑一聲說：「傅華，你話別說的這麼難聽！什麼出賣朋友啊？這種事需要出賣嗎？這是一種交易好不好，我出資捧許彤彤，許彤彤總不能一點代價都不付出吧？再說，許彤彤跟了李凱中，李凱中也不會虧待她啊？這是一個對大家都有好處的交易，怎麼在你嘴裏就變成是出賣朋友了？」

傅華忍不住說：「單燕平，是不是在你眼中，什麼東西都是可以拿來交易的啊？」

單燕平理所當然地說：「對啊，這世界上什麼東西不可以拿來交易啊？你可別告訴我許彤彤是什麼貞潔烈女，神聖不可玷污啊？你當我看不出來，那個女人表面上很清純，但是一直跟你黏黏糊糊的，恐怕你們早就有一腿了吧？怎麼，你可以玩女明星，李凱中就不行啊?!」

傅華氣憤地說：「單燕平，你胡說八道什麼啊，我跟許彤彤只是朋友。」

「哈哈，」單燕平大笑了起來，說：「只是朋友，你說得好像自己有多清白似的，誰不知道娛樂圈就是婊子窩，你跟一個婊子那樣黏糊，還只是朋友，當我是傻瓜啊？還是你覺得李凱中喜歡了你的女人，讓你心裏很不爽啊？」

傅華不禁搖頭說：「單燕平，你這亂七八糟的都說些什麼啊？」

單燕平哼聲說：「這才不是什麼亂七八糟呢，我是在跟你講一個商人應該有的處事方式。傅華，你眼界開闊點行不行啊？你現在的事業也是越做越大了，不要再讓這種爭風吃醋的事情影響到你事業的發展。」

傅華不能苟同地說：「單燕平，你這種道理我接受不了，我今天來也不是聽你講這些道理的。我是來讓你幫我傳幾句話給李凱中的。」

「傳話給李凱中？」單燕平看了看傅華，說：「你想讓我傳什麼話給他啊？」

傅華鄭重地說：「首先，你告訴李凱中，他搗亂熙海投資和平鴻保險公司交易的事，我可以既往不咎，就當他幫我聯絡平鴻保險公司將功抵過了吧。」

單燕平笑了起來，說：「誒，傅華，你不覺得你的口氣很大嗎？李凱中可是國資委的副主任啊，你是什麼？不就是一個駐京辦的主任嗎？還既往不咎，你有能力咎嗎？」

傅華正色說：「單燕平，你先聽我說完好不好啊？」

單燕平嘲笑地說：「行啊，你說吧。」

傅華接著說：「第二點，你告訴李凱中，現在曲向波已經和我簽訂了合約，曲向波就是我傅華的朋友了，誰找曲向波的麻煩，誰就是跟我傅華過不去，我會想盡辦法報復的，不論是白道黑道，直到整垮他為止。所以你告訴他，讓他做什麼事情之前，最好把利害關係想清楚了。」

單燕平不禁說道：「我怎麼覺得你這幾句話很像是江湖老大說的啊，你是不是忘了自己的身分了？」

傅華笑笑說：「單燕平，我沒忘記自己的身分，但是更清楚我能做到什麼。你是不是覺得我這是在嚇唬李凱中啊？這樣吧，你讓李凱中去好好打聽打聽我這個人，看看我有沒有吹牛就是了。再是，單燕平，作為老同學，我也奉勸你一句，別以為李凱中是個什麼了不起的人物，北京這地界比他了不起的人太多了，而且那傢伙做事沒有一點分寸，這樣的人在北京說不定什麼時候就會倒楣的。」

傅華這麼說，是因為只要李凱中打聽一下，就會知道他跟楊志欣的關係，這讓他可以借勢狐假虎威，他就不相信李凱中有膽量敢招惹楊志欣。雖然他幫楊志欣鬥垮睢心雄的事並沒有被公開，但是很多北京政壇的消息靈通人士對此都心知肚明。

單燕平聽傅華這麼說，臉上的笑容僵住了，她瞭解傅華的個性，知道傅華不是個隨便吹牛皮的人，他敢這麼說，就一定有這麼說的底氣；而且看傅華的意思，似乎認識什麼能夠擺平李凱中的強勢人物一樣。

如果真的是這樣的話，那李凱中跟傅華衝突起來，很可能要倒楣的。單燕平把興海集團總部搬來北京，李凱中是她最大的依靠，她自然不想看到李凱中有什麼閃失。

單燕平便強笑了一下，說：「老同學，事情不需要弄成這個樣子吧？所謂多個朋友多條路，多個敵人多堵牆，大家本來是一番好意才湊在一起的，不應該最後非成為敵人不可。」

傅華說：「我也不想鬧成這個樣子，只要李凱中不來惹我的話，大家還是可以相安無事的。」

單燕平聽了說：「你的話我會幫你帶到的，我想他也沒必要再來惹你了，許彤彤出了那種新聞，他現在對她已經沒有什麼興趣了。」

傅華聽了說：「這樣子最好，許彤彤本來就對他沒興趣，也省得他再來糾纏了。」

單燕平又說：「至於平鴻保險公司，我會勸李凱中放手的，不會再去找曲向波什麼麻煩的。」

傅華釋出善意說：「如果李凱中能夠現在就放手，我對他還是很感激的，畢竟沒有他，我和平鴻保險公司也無法達成這筆交易。」

傅華把要表達的意思表達完之後，就離開興海集團，回到海川大廈。

剛到海川大廈門口，便看到林蘇行坐著一輛計程車回到海川大廈。傅華心知林蘇行肯定是去北大調查曲志霞去了，他不敢跟駐京辦要車，就是怕因此洩露了行蹤。

傅華故意走上前去，笑笑說：「林副秘書長，你這是去哪兒啊？怎麼你出去小羅也沒給你安排車啊？這工作做得可有點失職了。」

林蘇行搖搖頭說：「傅主任，你誤會了，事情不是你想的那樣，羅副主任給安排車了，不過車子陪我岳父在醫院呢，我這是去辦點別的事，所以才搭計程車回來的。」

傅華笑笑說：「駐京辦還有車的，你就是要辦別的事，也可以讓小羅再幫你安排的。」

林蘇行假意地說：「那怎麼好意思呢，我岳父的事，駐京辦的同志已經夠幫忙的，我不好再給你們添麻煩了。」

傅華熱情地說：「都是自家人，說什麼麻煩啊。誒，您岳父的病看得怎麼樣了？」

林蘇行含糊地說：「跟預想的差不多，都是些老年病，人上了年紀，身體機能難免會衰退的。」

傅華笑說：「這倒是，誒，沒什麼需要我幫忙的地方吧？如果需要的話，只管說一聲啊。」

林蘇行趕忙說：「傅主任太客氣了，不需要了，現在的安排就挺好的。」

說話間，兩人進了海川大廈，傅華就去駐京辦的辦公室，林蘇行則是回自己的房間。

進了房間後，林蘇行拿出手機撥了姚巍山的電話。

姚巍山很快接了電話，問：「老林啊，你在北京怎麼樣？老岳父的病檢查出來了嗎？」

林蘇行說：「還在查呢，醫生還沒有給一個明確的結論。姚市長，我打電話給您，主要是想向您報告一下調查的結果。」

姚巍山急急問道：「查出點什麼沒有？」

林蘇行說：「查到是查到了一些。我今天上午去北大，找吳傾的學生瞭解了情況，據他們說，田芝蕾跟曲志霞有很大的矛盾，田芝蕾私下裏常罵曲志霞是老女人，說曲志霞一把年紀了，還厚著臉皮勾引吳傾，顯然田芝蕾爭風吃醋的對象正是曲志霞。也就是說，曲志霞跟吳傾的確是有那種關係。」

姚巍山忙說：「別說應該啊，找到證據沒有啊？」

林蘇行嘆說：「本來是應該有的，但是現在已經被人動了手腳，無法找到了。」

姚巍山訝異地說：「怎麼說呢？」

林蘇行說：「是這樣的，我昨天去看了公安局的案卷，案卷中沒有什麼地方涉及到曲志霞，但是奇怪的是，田芝蕾的口供中，不少地方的供述前後銜接不上，似乎記錄的人故意沒記錄田芝蕾的某些話一樣。」

姚巍山懊惱地說：「這似乎也說明不了什麼啊。」

林蘇行說：「我倒覺得反而證實了曲志霞與吳傾、田芝蕾是有瓜葛的，您想，既然田芝蕾私下裏都那麼罵曲志霞了，她的供詞中又怎麼可能對曲志霞隻字不提呢？所以我猜測田芝蕾肯定提到過曲志霞，不過被曲志霞通過關係把這部分內容給掩蓋過去了。」

姚巍山詫異地說：「應該不會吧，要做到這一點，必須要跟北京警方關係相當密切才行，曲志霞在北京應該沒有這麼大的活動能力的。」

林蘇行笑笑說：「曲志霞當然沒有了，不過傅華可是有這個能力。我懷疑幫曲志霞掩蓋事情的人就是傅華。今天我從北大回到海川大廈，正好碰到傅華，這傢伙似乎察覺到了什麼，有意的來跟我套近乎，還問我去了什麼地方。」

「真是邪門了，這傢伙怎麼處處壞我的事啊？」姚巍山忿忿地說：「不過，如果幫曲志霞掩蓋這件事的人確實是傅華的話，那你去調閱過吳傾案卷的事，警方一定會有人跟傅華說的，也就是說，傅華應該已經知道你在調查這件事了。」

林蘇行拍著手說：「這就對了，我說今天傅華看我的眼神怎麼帶著懷疑的意味呢。姚市長，這樣子的話，恐怕曲志霞也知道我這趟來北京是為了調查這件事了。」

姚巍山不以為意地說：「知道就知道吧，你怕什麼啊？有我在，她還能拿你怎麼樣嗎？」

林蘇行說：「這倒是，不過姚市長，對這個女人我們不得不防備一點，她可不像是個好對付的人啊。」

姚巍山老神在在地說：「別去管她了，她玩不出什麼花樣來的，你再想想，能不能從別的管道再搜集一些與曲志霞有關的情報來？」

林蘇行說：「可以倒是可以，這個案子已經經過法院判決，檢察院和法院都有它的案卷，我找找關係看看，看能不能去檢察院和法院看看案卷。」

姚巍山說：「好吧，你儘量爭取吧，希望能從那些案卷中查到點什麼，否則光憑你現在查到的這些，是不足以威脅到曲志霞的。」

林蘇行應承說：「我知道，我會盡力的。」

海川市政府，曲志霞辦公室。

曲志霞正和秘書長黃小強交談。

曲志霞看了看黃小強，雖然在副市級幹部中，曲志霞的排名遠在黃小強之前，但是黃小強在海川市政府待的時間很長，是個老資格的幹部，因此曲志霞對他還是保持著一分尊重。

曲志霞笑笑說：「黃秘書長，我找您過來，是有個情況需要您幫忙處理一下。」

黃小強說：「曲副市長，您不要這麼客氣，有什麼需要我幫忙的，您儘管指示就是了。」

曲志霞說：「是這樣的，您能不能管一管林蘇行這個同志啊，按照工作分工，他這個副秘書長應該是配合我工作的，結果呢，他沒事就竄到姚市長那裏去，我需要他的時候卻找不到人。這樣子下去是不行的。」

曲志霞在知道林蘇行跑去北京調查她和吳傾的關係後，心中就打定主意要好好教訓一下姚巍山的這個奴才，不過單獨她一個人的力量，還不足以狠狠的懲戒林蘇行，她必須要多找一些能夠拉攏的力量才行。

而黃小強則是曲志霞認為最能拉攏到的力量了，林蘇行調來海川後，姚巍山就撇開黃小強這個秘書長，什麼事都交給林蘇行去處理，讓黃小強變得很尷尬，難免有被架空的感覺，在市政府的地位受到了嚴重的挑戰。曲志霞相信，黃小強對林蘇行一定是充滿了怨恨，如果要黃小強幫忙對付林蘇行的話，黃小強絕對會求之不得的。

黃小強眉頭皺了起來，苦笑說：「曲副市長，對林蘇行同志工作上的一些做法我也很看不慣，也批評過他幾次，不過，他每次當著我的面都說好好好，是是是，他會改正，過後依舊我行我素，我根本拿他沒轍。」

「這傢伙怎麼可以這樣啊？」曲志霞憤憤不平地說：「您是他的直接領導啊，在市政府又威信很高，他居然敢這麼不把你放在眼中？」

黃小強哀嘆說：「人家腰桿子硬嘛，他可是姚市長專門從乾宇市調過來的，是姚市長的親信，因此根本就不把我這個秘書長放在眼中。據我看，他是在等待時機取我而代之啊。」

黃小強幾句話就把心中對林蘇行的不滿給完全表達了出來，這也正是曲志霞所需要的。黃小強越是對林蘇行不滿，也就越會急迫的想要對付林蘇行了。

曲志霞冷笑說：「就算是姚市長給他撐腰又怎麼樣呢？他畢竟還不是市政府的秘書長，還沒有資格把人不放在眼中的。對他這種行為，我認為絕對不能縱容，不然海川市政府就亂套了。」

黃小強聽出曲志霞有整治林蘇行的意思，他對此自然樂見其成，便火上加油地說：「曲副市長，我也覺得他這種行為不能繼續放縱下去，不過我這個秘書長現在在市政府人微言輕，就算是批評他幾句，也是無關痛癢的。」

曲志霞說：「看來對林蘇行這個同志光是私下裏批評教育已經起不到什麼作用了，這樣吧，等他從北京回來後，我會在市長辦公會上把他的問題提出來讓大家討論的，我倒要看看姚市長對他的問題會怎麼處理。」

曲志霞知道姚巍山在海川市政府還沒有辦法強勢到唯我獨尊的地步，在這個前提之下，他想要在公開場合袒護林蘇行是很難辦到的。

黃小強一聽，心中暗喜，馬上附和道：「對，曲副市長，您說得對，我也覺得是該把林蘇行同志的問題擺在桌面上，讓大家討論一下要怎麼處理的時候了。」

三天後，平鴻保險公司按照約定，將十四億資金匯到了熙海投資的賬上。拿到這筆錢後，傅華就去了胡瑜非那裏。既然睢才燾目前還不想退出豪天集團，那傅華就想先還清當初胡瑜非購買豐源中心和天豐源廣場這兩個項目的資金，好讓熙海投資跟天策集團完全劃清界限。

這是為了避免在熙海投資的利益越來越大的情況下，胡瑜非心中會產生極大的不平衡感。因為這個巨大的利益可以說是胡瑜非拱手送給他的，雖然胡瑜非跟他算是相交莫逆，但是利益當前，再好的朋友也難免會產生一些糾葛的。

胡瑜非聽傅華說要將天策集團投資的資金還回來，愣了一下，隨即說：「傅華，不錯啊，這麼快你就解決資金問題了。」

傅華趕忙說：「這要感謝胡叔和楊叔，是你們把這麼好的一個項目交到我的手中，我才能有機會做到這一點的。」

胡瑜非笑說：「不要這麼謙虛了，我們交給你的時候，這個項目還是個大麻煩呢，能把麻煩轉換成商機，這就是你的本事了。行啊，你把資金還回來也好，董事會已經有人對這筆資金的去向有所質疑了，你還回來，我也好跟董事會交代了。」

傅華說：「還好沒耽誤胡叔您的事。」

胡瑜非這時看了看傅華，說：「傅華，有件事志欣讓我問問你，你最近是不是跟國資委的李凱中有什麼衝突啊？」

傅華說：「是有點衝突，誒，楊叔是怎麼知道這件事的？」

胡瑜非笑笑說：「李凱中這傢伙跑去跟志欣道歉，說是有些事他不瞭解狀況，無意間跟你有了衝突，他感到很抱歉。」

傅華故意說：「這傢伙也是的，他明明得罪的是我，跑去打攪楊叔幹什麼啊！」

胡瑜非納悶地說：「究竟是怎麼回事啊？」

傅華就把他跟李凱中因為許彤彤發生的糾葛告訴了胡瑜非，講完經過後，傅華說：「胡叔，有一點您可要幫我跟楊叔解釋，我可沒拿楊叔的旗號去嚇唬李凱中啊。」

胡瑜非笑了起來，說：「這個志欣不會介意的，你現在就是不打他的旗號，很多人也會把你和志欣聯繫起來的。只是這個許彤彤是怎麼一回事啊？

不會是你現在的女朋友吧？」

傅華趕忙搖搖頭說：「不是的，只是一個認識的朋友。」

胡瑜非說：「不是就好，我對娛樂圈的女孩子沒什麼偏見，只是這個圈裏的女孩是不適合娶回家做老婆的。」

傅華失笑說：「什麼老婆不老婆的啊，我現在忙死了，哪有精力去考慮這些啊。」

胡瑜非說：「忙事業歸忙事業，老婆還是要找的，這並不矛盾嘛，你現在項目也理出了頭緒，可以考慮一下自己的婚姻了。」

傅華苦笑說：「項目是理出頭緒來了不假，但是還有一個最大的危機沒解決，我哪有心思去考慮私人問題啊。」

胡瑜非說：「你是說齊隆寶嗎？他最近還有什麼新的動向嗎？」

傅華搖頭說：「有沒有新的動向我不清楚，他始終藏在暗影中，我根本就不瞭解這個人的具體情況，只是他時不時的就會冒出來，跟我通個電話什麼的，暗示我他在一直關注著我的行蹤。」

胡瑜非聽了說：「說起他來，我最近倒是得到一些有關他家庭的資料，我拿給你看。」

胡瑜非就拿出一個檔案袋，遞給傅華，傅華打開一看，裏面是幾張一個中年女人和一個十七八歲的女孩的照片，另外還有一份資料。

傅華猜測說：「這兩個人不會是齊隆寶的妻子和女兒吧？」

胡瑜非說：「是不是齊隆寶的妻子和女兒我不知道，但是這兩個女人，一個是魏立鵬的兒媳，一個是魏立鵬的孫女，這倒是可以確定的。魏立鵬只有一個兒子，如果齊隆寶真是他兒子的話，那這兩個女人就應該是他的妻子和女兒了，裏面的那份文件就是這兩個人的身分資料。」

傅華把裏面的資料抽出來看了看，資料上寫明中年女人的名字叫做李玉芬，女兒的名字叫做魏小娟，看來齊隆寶的女兒倒沒有改姓，依舊跟著魏立鵬姓魏。這也算是一個安全措施，因為很難讓人從母女倆身上聯繫到齊隆寶。

傅華看了看胡瑜非，說：「胡叔，這上面怎麼沒有這倆人的住址啊？」

胡瑜非說：「她們現在已經移民美國了，她們在美國的住址我還沒查到。」

聽胡瑜非這麼說，傅華腦海裏頓時閃過一道亮光，關於齊隆寶和楚歌辰之間的聯繫脈絡一下就清晰了起來，他有些明白為什麼齊隆寶要喬玉甄轉一筆私人的錢給楚歌辰了，這筆錢應該不是給楚歌辰本人的，而是通過楚歌辰這個管道轉給齊隆寶的妻子和女兒的。身為魏立鵬的兒媳和孫女，這兩個人一定會受到很多的關注，因此無法從正常管道轉移大筆資金到美國去。楚歌辰在這裏面起到的作用，就是幫齊隆寶把這筆錢給洗到美國去。

傅華說：「真是滑稽，魏立鵬的兒媳和孫女兒居然移民，難道他就是這樣愛他為之奮鬥了一生的國家嗎？」

胡瑜非瞪了傅華一眼，說：「傅華，不要說這種話，這兩個人並沒有官方職務，移民是她們的自由。」

傅華說：「可是齊隆寶有官方職務啊，還是一個秘密部門的高官呢。像他這種關鍵位置上的高官，危險程度可是很高的，因為隨時都可以叛逃出國。」

胡瑜非斥責說：「話不要隨便亂講，我們目前所知道的，很多還停留在推測的層面，光憑推測是無法將一個人入罪的，所以你與其在這裏發牢騷，還不如趕緊想辦法查清楚齊隆寶和楚歌辰之間的聯繫呢。」

傅華說：「有了這份齊隆寶妻女的資料，我已經在心中理順了他們的關係了，也有了查明這件事情的方向。胡叔，這份資料我帶走了，如果我猜得不錯的話，楚歌辰在美國一定跟這兩個女人有聯繫的。」

胡瑜非說：「資料本來就是給你準備的，你帶走好了。你行動最好俐落一點，現在項目已經走上軌道，你也就越來越危險了，我可不想看你有什麼閃失。」

傅華說：「我想有了這份資料，事情應該到了要水落石出的時候了。」

胡瑜非提醒傅華，說：「那你就更要小心些了，越是這個時候，齊隆寶為了阻止你揭發他的真面目，越是可能對你下殺手的。」

傅華也知道到了他要跟齊隆寶決戰的時刻，這時齊隆寶肯定是最危險的，點點頭說：「我知道了胡叔，我會小心防備的。」

從胡瑜非家出來，傅華正想打電話給羅茜男，把胡瑜非查到的這個新情況告訴她，沒想到他的手機卻先響了起來，看看號碼，正是羅茜男打來的。

傅華接通電話，笑說：「誒，羅茜男，你說我們是不是心有靈犀啊，我正想打電話給你呢，你的電話就先打過來了。」

羅茜男笑說：「這麼巧啊，誒，你打電話給我幹嘛啊？」

傅華說：「我們好像有段日子沒去朝陽公園聊天了，所以就想約你去那裏走走。」

羅茜男笑說：「那還真是巧了，我也是想約你去朝陽公園見面的，既然這樣，那我們就在朝陽公園見啦。」

傅華就直接去了朝陽公園，到的時候，羅茜男已經等在那裏了。

傅華走到羅茜男身邊，說：「你找我什麼事啊？」

羅茜男說：「是黃董的朋友從美國搞到了關於楚歌辰的資料，我就想趕緊拿給你，看看當中有沒有能夠用來對付齊隆寶的東西。你呢，你找我幹嘛？」

傅華詫異地說：「巧了，我也是得到了一些關於齊隆寶的資料，是齊隆寶的妻子和女兒的情報，據說她們已經移民美國了，我想把資料拿給你，請你找黃董的朋友查一下楚歌辰在美國跟這兩個女人有沒有什麼接觸。」

羅茜男驚訝的看著傅華說：「你先別說她們的名字，讓我猜一下，齊隆寶的妻子叫做李玉芬，他的女兒叫做魏小娟，對吧？」

傅華驚喜地說：「你是怎麼知道的，不會是你查到的資料當中正好有這兩個人吧？」

羅茜男點點頭，說：「對，正是有這兩個人！黃董的朋友說，楚歌辰在美國跟一對來自大陸的母女關係密切，這對母女據說是一位以前級別相當高的官員的兒媳和孫女。我一聽，就覺得這對母女很可能與齊隆寶有關，就讓那位朋友重點搜集關於這對母女的資料。」

說著，羅茜男將手中拿著的一個檔案袋遞給傅華，說：「你看看吧，這是那位朋友發過來的一些東西，包括這對母女在美國的生活情況以及她們跟楚歌辰的一些接觸情形，我都列印出來了。」

傅華打開檔案袋，裏面是一疊列印的照片和檔案，包括李玉芬和魏小娟在美國住的房子、開的車子，以及李玉芬在美國的公司照片。

李玉芬母女倆住的房子，獨門獨院，建築美輪美奐，占地面積很大，門前是修整得十分整齊的草坪，一看就知道這棟房子是位於高級社區。

傅華咋舌說：「這棟房子這麼漂亮，起碼價值幾十萬美金吧？」

羅茜男說：「你這個數字估得太低了，那個朋友說，這棟房子位於洛杉磯的一個富人區當中，價值最少在兩百萬美金以上。李玉芬在美國所開的公司經營得相當不錯，每年的營業額有千萬美金之多。」

傅華忍不住說：「不說別的，單是李玉芬所擁有的這些巨額財產就很令人懷疑。」

傅華很清楚，李玉芬擁有的這些巨額資產，一定不會是來自正當途徑，要麼是齊隆寶在國內利用權力非法斂來的；要麼就是楚歌辰為了收買齊隆寶而付給齊隆寶的，普通的官員就憑擁有這些來歷不明的資產就可以被抓起來了。

照片當中還有幾張是李玉芬和一個五十多歲港商模樣的男人在不同場合的合影，羅茜男指著照片上的男人說：「這就是楚歌辰。你知道嗎，楚歌辰還是李玉芬公司的股東呢。你看看後面那些檔案吧，那是李玉芬公司的登記資料，其中股東就有楚歌辰。」

傅華驚訝地說：「這麼明目張膽啊？」

羅茜男說：「他們身在美國，不是特別有心的人，是不會去關注他們之間的關係的，所以他們可能就沒有什麼顧忌了。」

傅華看了看那些檔案，檔案上寫的是英文，傅華雖然不能全都看懂，但是股東以及楚歌辰這幾個英文字他還是認得出來的；就憑這份檔案，已經足以證實齊隆寶和楚歌辰的關係是相當親近的了。

傅華的心情變得沉重起來，齊隆寶跟一個高度疑似美國間諜的人這麼親近，很可能是已經背叛國家了，這可是危害國家的行為；而且居然還是一個顯赫高官的兒子，這件事可是非同小可。

傅華對羅茜男說：「羅茜男，我們總算是抓住狐狸的尾巴了，這件事很嚴重，我必須馬上跟胡瑜非說一下。你先回去吧，注意別跟別人說起這件事，特別是不要讓睢才燾察覺到什麼。如果被齊隆寶知道我們要把這件事給揭發出來的話，他可能會不惜一切代價的對付我們，所以你要小心了。」

羅茜男慎重地點點頭說：「我知道，你也要小心。」

傅華拿著資料就又回到胡瑜非那裏。

胡瑜非看到他去而復返，而且神情嚴肅，驚訝的問道：「你怎麼又回來了，發生了什麼事嗎？」

傅華面色凝重地說：「胡叔，我的朋友剛剛查到了一些李玉芬和楚歌辰在美國的資料，我覺得問題相當的嚴重，所以就馬上趕回來找您了。您看，這是我朋友查到的東西。」

傅華把羅茜男拿給他的那些資料交給胡瑜非，胡瑜非翻看了一下，神情也嚴肅起來，抬頭看了看傅華說：「你說的不錯，這件事情確實是很嚴重，走，跟我一起去見志欣，我要你把情況當面跟志欣做個彙報。」

兩人就去楊志欣那裏，楊志欣看了資料，傅華又作了一些說明。

楊志欣聽完，表情嚴肅地說：「傅華，如果你提供的這些資料屬實的話，齊隆寶很可能是背叛國家了，這件事很嚴重，我必須跟相關部門的領導做一下溝通才行。你和瑜非先在這裏等一會兒吧，我馬上就去跟相關部門溝通。」

楊志欣就出去了，胡瑜非和傅華就坐在他的辦公室裏等他回來。

胡瑜非和傅華了解事情的嚴重性，心情都很沉重，所以好一會兒兩人都沒說話。

胡瑜非可能是感到屋內的氣氛太沉悶了，便先打破沉默說：「傅華，直到現在我還有一種很奇怪的感覺，就是這件事可能是你搞錯了，因為我實在無法相信魏立鵬的兒子會做出背叛國家的事。」

傅華看了胡瑜非一眼，他對胡瑜非這種基於一個人的出身來判斷他的行為的做法有些反感，好比馮葵就是因為這種出身的優越感才會選擇跟他分手的；似乎出身像馮老、魏立鵬、胡家這樣紅色家庭的人就應該是尊貴的，是高尚的，就高人一等。

傅華譏諷地說：「胡叔，是不是您覺得只有像我這種出身窮人家的人，才會做出這種背叛國家和民族的事啊？」

胡瑜非察覺到傅華語氣中的不悅，趕忙解釋說：「傅華，你知道我不是那個意思。我是覺得像齊隆寶這樣的人，從出生到成長，國家都給予了他最好的待遇和享受，我真的想不出他有什麼理由要背叛國家。」

傅華忿忿不平地說：「就是因為國家給他的太多了，他才覺得自己可以為所欲為。像我們這些窮人家的孩子，不論讀書或工作，根本的目標只有一個，那就是為了生存，我們要竭盡全力才可能讓自己活得好一點；而你們呢，生下來就活得比我們不止好一點點。太容易得到的東西，是沒有幾個人會珍惜的。」

胡瑜非有些訝異地看了傅華一眼，說：「傅華，你今天好像特別的憤世嫉俗啊。」

傅華自然不能說他是因為跟馮葵分手的刺激才會這麼生氣的，就藉口說：「這是因為這些日子我受齊隆寶的鳥氣受得太多了，這傢伙行事太肆無忌憚，如果他不是魏立鵬的兒子，恐怕早就被人幹掉了。」

胡瑜非安撫說：「你不用這樣氣憤，多行不義必自斃，如果你提交的這些文件屬實的話，齊隆寶這輩子就算是徹底完蛋了，你這口惡氣也應該可以出啦。」

傅華嘆氣說：「希望他能夠真的完蛋，這樣我也可以睡個安穩覺了，不用老是擔心背後始終有一雙眼睛在窺探著我。」

請續看《權錢對決》13 險境對決

權錢對決 十二 步步驚心

作者：姜遠方
發行人：陳曉林
出版所：風雲時代出版股份有限公司
地址：105台北市民生東路五段178號7樓之3
風雲書網：http://www.eastbooks.com.tw
官方部落格：http://eastbooks.pixnet.net/blog
Facebook：http://www.facebook.com/h7560949
信箱：h7560949@ms15.hinet.net
郵撥帳號：12043291
服務專線：(02)27560949
傳真專線：(02)27653799
執行主編：朱墨菲
美術編輯：許惠芳

法律顧問：永然法律事務所 李永然律師
北辰著作權事務所 蕭雄淋律師

版權授權：蔡雷平
初版日期：2017年6月
初版二刷：2017年6月20日
ISBN：978-986-352-416-8

行政院新聞局局版台業字第3595號 營利事業統一編號22759935

定價：280元 特惠價：199 元

國家圖書館出版品預行編目資料

權錢對決 ／ 姜遠方 著. -- 初版. -- 臺北市：
風雲時代，2016.11- 冊；公分

ISBN 978-986-352-416-8（第12冊；平裝）

857.7 105019530